SUNG YA NOTE VOL.3

狐仙愛的京都畫遊

松雅記事

SUNG YA NOTE
VOL.3

小說
胡媚兒
三百歲的狐仙，在人間的工作是平面模特兒。
個性樂天、活力充沛，像小狗一樣熱情親人，
喜歡變成狐狸向蒲松雅撒嬌。
她除了會法術和力大無窮外，胃袋完全是個無底洞。
蒲松雅
秋墳二手租書店店長，二十五歲，單身。
對動物熱情，對人類卻相當冷漠。
由於過去被背叛的經歷，因此對人類的信任感很低，
但只要能取得他的信賴，就會為對方赴湯蹈火。

秋墳書店的工讀生。和胡媚兒一樣樂天熱情的他，卻很容易把別人的善意解讀為愛意。

朱孝廉

蒲松雅的雙胞胎弟弟，小惡魔性格。乍看之下活潑開朗，實則除了對父母和哥哥與聶小倩之外，不在乎任何人。失蹤多年後再度出現，似乎正密謀著一項大計畫。

蒲松芳

是個死了兩百多年的女鬼，受制於寶樹夫人。她沉默寡言、逆來順受，原本被派去監視蒲松芳，後來卻對蒲松芳起了異樣情愫。

聶小倩

孟龍潭

溫文儒雅的人瑞老先生，是名骨科醫生兼業餘畫家。年輕時到日本留學，結識了這輩子美麗的初戀。

葛夜

自小與妹妹一起被賣到置屋，因不適合當藝妓便轉為女傭。她對料理極為擅長，後來成為料亭老闆。對秋田澤郎（孟龍潭）一見鍾情，卻愧疚於自己的卑劣行徑而不敢告白。

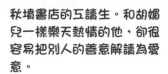

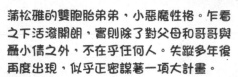

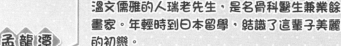

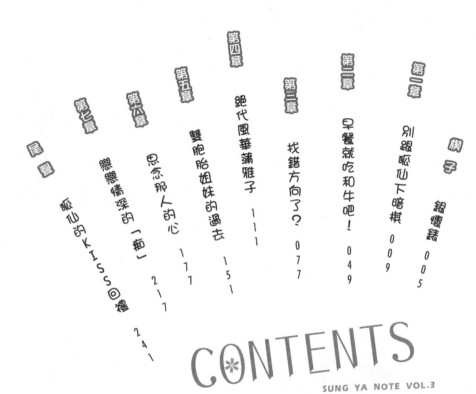

CONTENTS

SUNG YA NOTE VOL.3

楔子

銀懷錶

青年與少女走在鴨川的河堤邊，深灰色西裝與翠綠色和服倒映於河面上，與澄紅夕陽融合為一。

青年悄悄瞄向少女的倒影，少女走在距離他一步之遙的地方，漆黑長髮隨步伐前進輕輕晃動，臉頰邊楓葉狀的胎記襯托著白皙的肌膚，叫人忍不住想觸摸。

「你在偷看什麼？」

河面上、河堤邊的少女突然轉頭，挑起單眉低聲問：「該不會在想別的姑娘吧？」

「怎、怎麼可能！請妳別開……」

「我就是開玩笑！」

少女笑了笑，像隻小兔子般轉一圈繞到青年面前道：「秧田先生可是出了名的書呆子，心裡除了醫學書還是醫學書。」

「清夜小姐，我的心中不只有書。」

「沒錯、沒錯，你心裡不只有書，還有畫筆和畫架。但無論是書還是畫架，都和女孩無緣。」少女刻意板起臉說話，不過幾秒後就維持不住表情，遮著嘴笑出來。

青年注視少女的笑臉，放任自己沉醉在這媲美夕色的美顏中，直到對方放下手才深吸一口氣，說出考慮了一整週的話：「清夜小姐，其實我今日是來向妳辭行的。」

少女猛然睜大雙眼，僵硬幾秒後低下頭道：「辭行……你要回臺灣了？」

青年慎重的點頭道：「是的，我已經拿到學位，計畫搭七天後的船返臺。」

少女的粉脣微啟，沉默幾秒後擠出稀薄的笑容道：「秧田先生努力又聰明，能這麼快就拿到學位也是理所當然的嘛。」

「清夜小姐……」

「恭喜你！我們得好好慶祝這件事，找間酒館好好吃喝一頓，我請客！你哪天有空？」

「我……」青年停頓片刻，以萬分顫抖卻也萬分堅定的聲音道：「我下週返臺，但我買了兩張船票。」

「……你說什麼？」

「我準備了兩張船票。」青年重複說著，並從口袋中拿出一只銀懷錶遞向少女道：「如果妳……不，是如果我有這個榮幸，請妳到我居住的旅店；如果我沒有，就請妳託人將懷錶送回旅店。」

「秧田先生！你、你突然這麼說，我……」

「我會靜待妳的回音。」

青年拉起少女的手，將懷錶放到對方的掌上道：「一直、一直在旅店等著，等到開船前的最後一刻，所以請妳……請給我一個機會。」

少女沒有回話，她默默握住懷錶，嬌俏的臉上有著喜悅，以及與喜悅同等的痛苦。

第一章

別跟狐仙下暗棋

秋墳二手租書店的店長——蒲松雅是個對藝術的關注不比常人多，也不比常人少的男人。他有注意藝術展演的習慣，當路上、電視上或網路上出現展演的廣告時，會停下來將內容瀏覽一遍，但也僅止於此。

他有一些藝術常識，知道莫內是印象派前期的畫家，馬諦斯則是野獸派開山祖。但更細部的知識，諸如印象派前後期的演變與畫家、野獸派啟發了那些流派，就只能說個大概。

總之，蒲松雅不是對藝術有獨到見解，並且對相關活動如數家珍的文藝青年，也不是對展演毫無興趣，一看到「藝」字就轉臺的極端人士；他是介於兩者之間，不追求也不閃避藝術活動的人。

所以，以蒲松雅對藝術的了解與參與度，不可能拿到私人藝廊的邀請函，還站在一票評論家與買家之間等待藝廊的開幕式開始。

然而此時此刻，他卻待在藝廊「畫壁」的角落，看著穿著體面的男女討論前衛藝術與某大師的近況，感覺自己完全走錯棚。

要解釋蒲松雅為什麼會成為……不，正確來說是「被迫成為」藝廊的酒會嘉賓，必須從七天前的象棋打賭說起。

七天前，住在蒲松雅家樓上的平面模特兒、食客、災星兼蒲松雅的最大煩惱——胡媚兒造訪秋墳書店，她帶著藝廊「畫壁」的簡介與開幕式邀請函，興致勃勃的邀他一起參加。

蒲松雅瞄了黑底燙金的邀請函一眼，毫不猶豫的回答：「不要。」

「不要？那是一間很漂亮的藝廊喔，而且作為首展的畫也……」

「我沒興趣。」

「松雅先生你答得太快了啦！至少聽完我的話，再好好看過藝廊的簡介，然後你就會有興趣了！」胡媚兒嘟起嘴，將藝廊簡介與邀請函塞到蒲松雅眼前道：「松雅先生你就看一下嘛，一下下就好，看啦看啦看一下啦！」

「妳是哪來的愛心筆推銷員啊？」

蒲松雅推開胡媚兒，眼角餘光掃過櫃檯上的象棋——某位老顧客忘記帶走的物品。他靈光一閃，拿起棋盒道：「我對藝廊、畫展和開幕酒會統統沒興趣，妳如果一定要拉我去，就和我比一局棋。贏的話，我就陪妳去；輸的話，接下來一週都不准對我提出任何要求。」

「我贏只有一個獎勵，輸卻要賠掉一禮拜的要求權，這對我很不公平。」

「不滿意就拉倒，然後離開我的店。」蒲松雅以棋盒指著胡媚兒的胸口問：「比，還是不比？」

胡媚兒抿嘴盯著棋盒，掙扎了好一會才點頭道：「我比！但是我不會下明棋，要比的話比暗棋！」

「我沒意見，只要妳輸了以後別反悔就好。」

「我才不會輸，絕對會下贏松雅先生！」胡媚兒捲起袖子，戰意高昂的宣示。

胡媚兒的宣示通常會落空，可是這回成真了。只是，理由不是狐仙的棋藝高超，而是她的運氣好得嚇人。

蒲松雅一開局就翻到自己的「帥」，但是胡媚兒立刻在「帥」旁翻出「卒」；蒲松雅在角落找到「仕」，胡媚兒則在「仕」的前方兩格撿到「炮」；蒲松雅在指揮「相」撲向胡媚兒的「車」，然而狐仙卻在「相」的必經之路上獲得「士」……

蒲松雅面對如此凶殘的手氣，只撐了不到十分鐘就全軍覆沒。他瞪著棋盤上滿滿的黑棋——胡媚兒的棋，抬起頭問：「胡媚兒，妳該不會是開天眼下棋吧？」

「我哪有可能做那種犯規作弊的事。」胡媚兒昂首，雙手扠腰自豪的道：「這是我的實力，『小媚的暗棋技巧是天技，任何棋士在這種技巧前都是垃圾！』我的大師兄是這麼說的。」

蒲松雅瞪大雙眼，這隻狐狸能單靠運氣輾壓對手嗎？這太過分……不，是太欺負人了！簡直比直接作弊或開天眼更叫人無法接受，根本是對棋藝的嘲笑！

「不過，雖然大師兄這麼說，但對手是松雅先生，我在開始前還是很緊張，幸好最後還是贏了。」

胡媚兒不知道蒲松雅內心的糾結，開心的比出「耶」的手勢，將邀請函放到對方面前，敲定兩人下週六下午三點在自家樓下會合，一起搭計程車前去藝廊。

蒲松雅瞪著精緻的邀請函，在心中暗自發誓：就算有人拿槍抵住他的後腦勺，他也絕對不會再和胡媚兒下暗棋。

「松雅先生！」

「店長！」

喊聲將蒲松雅喚回現實，他轉頭看向左方，看見胡媚兒與朱孝廉並肩走過來。

胡媚兒穿著翠綠色的小禮服，禮服勾勒出狐仙豐滿的雙峰與蛇腰，絲質裙襬在膝蓋附近晃動，挑逗著觀者的心絃；朱孝廉則套著襯衫和藍色背心，背心的肩膀和腰線都不太合身，一看就知道是成衣店的便宜貨。

蒲松雅的目光沒有停在胡媚兒的胸、腰或腿上，也沒盯著朱孝廉的廉價背心看，他注視的目標是他們的左手與右手——兩人的左手端著雞尾酒，右手拿著三明治。

蒲松雅指著他們倆的手皺眉道：「喂，酒會還沒正式開始，你們兩個就一人一杯喝起來，這樣可以嗎？」

朱孝廉點頭道：「當然可以，我問過準備餐點的阿姨，她說如果我們餓的話，能邊吃邊等酒會開始。」

胡媚兒眨眨眼問：「松雅先生是擔心我喝醉嗎？你想太多了啦，這種酒的酒精濃度很低，喝上十杯也沒問題。」

蒲松雅壓著太陽穴，沉聲道：「我問的不是能不能吃或者會不會喝醉，是你們這麼做禮不禮貌。」

「哪裡不禮貌？」胡媚兒與朱孝廉同聲問。

蒲松雅瞪著全然不覺自身有失禮節的友人，垮下肩膀自暴自棄道：「算了，你們想吃想喝就去，不要告訴別人自己是我的工讀生或鄰居就好。」

「松雅先生本來就是我的鄰居、孝廉的上司啊～」胡媚兒偏頭道。

「店長你太緊張了啦！喝杯酒放鬆一下。」朱孝廉把喝過一口的雞尾酒遞向蒲松雅。

蒲松雅的嘴角抽搐兩下，閉起眼按住太陽穴道：「胡媚兒，我打從下午我們會合，孝廉說妳十天前就約他來開幕酒會時，就很想問妳一個問題。」

「什麼問題？」

「妳既然有約到這傢伙……」

蒲松雅睜眼指著朱孝廉的鼻子，終於壓抑不住怒氣低吼：「為什麼還要硬拖我陪妳來？妳有這傢伙陪就夠了啊！」

胡媚兒與朱孝廉對看一眼，皺起眉頭同時回答與發問——

「因為松雅先生你下棋輸了啊！」

「店長你這是在吃醋嗎？」

蒲松雅有種後腦勺被人拿鐵棒敲三下，或是肚子突然中了一槍的感覺。他胸口的怒火直接燒上頭蓋骨，對著自家工讀生與樓上鄰居湧起強烈、露骨、毫無掩飾的殺意。

胡媚兒與朱孝廉都不是敏銳的人，所以不知道蒲松雅在火大什麼。但是兩人都擁有優秀的動物本能，因此直覺發現他們的重要朋友、頂頭上司已經氣到想宰了自己。

胡媚兒迅速換上笑臉，略帶僵硬的道：「剛剛、剛剛是開玩笑的啦！我之所以約松雅先生，是因為我想和你一起看展覽，就算那場棋輸的人是我，我還是會使盡全力把你拖過來。」

朱孝廉猛揮手跟進道：「我也是開玩笑的！誰不知道店長和小媚的感情有多好，而店長你又有多大度，怎麼可能為這種小事就吃醋呢？哈哈哈哈！」

「……」

「人類不是常常說『好東西要和好朋友分享』嗎？難得透過朋友的關係拿到酒會邀請函，當然要請我最好的朋友來，對吧孝廉？」胡媚兒以最甜美的聲音問。

「沒錯、沒錯，店長也是我的好朋友，俗話說『朋友妻不可戲』，所以我對小媚可是一點妄念也沒有，午夜夢迴、白天打瞌睡時都沒妄想過自己和小媚約會喔！」朱孝廉用力的比出大拇指。

「……」

完、完蛋了！胡媚兒與朱孝廉見蒲松雅的表情毫無變化，不約而同在心中哀號，陷入絕望與恐慌中。

人在絕望時會求神問卜，兩人——雖然胡媚兒不是人——也不例外，他們一同想起早上報紙的星座專欄，以驚人的默契一搭一唱起來。

胡媚兒抖著嗓音問：「對對對了，孝廉、孝廉有看今日的星座占卜嗎？」

「那個我每天、每天都有看喔，因為這樣才能知道今天的幸運物與幸運地點。」朱孝廉挺起胸膛道：「今天我的星座——牡羊座的幸運物是酒杯，幸運地點是摩天樓，如果端著酒杯待在摩天大樓中，就能有意想不到的豔遇。」

「我是射手座，幸運物是綠色洋裝，幸運地點是客廳，湊齊兩者的話，和心儀對象的關係就會更進一步。」胡媚兒望向蒲松雅道：「我記得松雅先生是……水瓶座？水瓶座的幸運物是石頭，幸運地點則是……」

「藝廊！」朱孝廉高聲接話，然後吐出鋪陳許久的話：「假如攜帶石頭進入藝廊，就可以找到怎麼也找不到的重要之物！」

蒲松雅的眼瞳一顫，包圍身軀的殺氣緩緩散去，臉色由憤怒的鮮紅轉為驚愕的蒼白。

胡媚兒和朱孝廉沒料到對方會是這種反應，先嚇一跳再露出擔憂的眼神，靠近蒲松雅揮揮手呼喚。

「松雅先生？」

「店長？」

蒲松雅因為兩人的喚聲而回神，他狼狽的撇開頭看牆壁，沉默好一會才開口道：「我去一下洗手間。」

▼※▲▼※▲▼※▲▼※▲

藝廊的洗手間間數不多，但面積比普通洗手間大上一倍，裝潢設備也頗為豪華，寶藍色的牆邊擺著絲絨貴妃椅，陶燒洗手檯配上不規則的銀框鏡，深紅色的門扉內擺著免治馬桶與金屬雕塑品。

洗手間內只有蒲松雅一人，他站在洗手檯前捧水打溼自己的臉，再抬頭看向銀框鏡。

鏡子裡站著一名男人，他有一張英俊的臉與深色的眼瞳，但臉上的表情過於冷淡，雙眼的視線太過銳利，明明算是個帥哥，卻給人不好親近、生人迴避的感覺。

蒲松雅盯著鏡中之人，腦海裡浮現另一名男人的身影。

那名男人的長相和鏡中人一模一樣，可是臉上永遠掛著笑容，眼中總是漾著溫暖，無論走到哪都能贏得眾人的注目與喜愛。

此人是晚蒲松雅一分鐘出生的雙胞胎弟弟蒲松芳，同時也是他……

「……怎麼找也找不到的重要之物。」

蒲松雅沉聲重複朱孝廉提到的幸運占卜，感覺自己的心再次懸在半空中，被希望與失望左右拉扯。

六年前的深夜，蒲松雅看著親弟弟奔入黑暗，成為冷冰冰的警方調查報告，和他心中永遠的痛。這六年來，蒲松雅從瘋狂的尋找弟弟，到不再期望得到親人的消息，以冰塊般的面孔封住傷痛、武裝自己，接受曾經圓滿和樂的家只剩自己一人的現實。

但是他好不容易建立的覺悟，卻因為一通留言而大幅動搖。

——媚兒嗎？我是阿雅，我現在在長亭的家裡，我和她都受傷了，我痛得要命呢……打傷我們的是翁藪，妳快點叫警察過來好嗎？拜託了。

這是上個月月底，蒲松雅從胡媚兒手機中聽見的語音留言，這則留言的號碼是蒲松雅的手機，聲音是蒲松雅的聲音，可是口氣與用字卻不像蒲松雅，而是比較接近蒲松芳。

有可能嗎？阿芳在他昏迷陷入危機時現身，並用他的手機撥號給胡媚兒向她求救，有這個可能嗎？

蒲松雅不知道有沒有這個可能，但是他在出院後馬上將封存的簡報、筆記、徵信社報告、警方紀錄……等等過去蒲松芳失蹤時蒐集的資料拿出來，從頭讀過一遍一遍又一遍，將過去走過的相關地點重新走過一回一回又一回。

然而，他也和過去一樣，付出的時間與精力沒有獲得任何回報。

回憶中，自己和弟弟一起生活、遊戲、求學、吵架乃至最後分別的場所，都沒有出現弟弟的足跡。

因留言而起的期待，很快就轉為同等的失落，失落再化為一柄鹽刀，挖開蒲松雅結痂的舊傷，讓他再一次嚐到六年前的痛苦。

這些事胡媚兒和朱孝廉都不知道，所以他們才輕易說出「帶石頭去藝廊就會找到找不到的東西」這種對旁人來說是祝福，對蒲松雅而言卻是在傷口上潑硫酸的話。

只是即使如此，蒲松雅仍無法阻止自己再次冒出希望。

「……帶著石頭到藝廊嗎？」

蒲松雅輕聲呢喃，他現在人就站在藝廊中，至於石頭……他的口袋裡正巧有一顆乒乓球大小，上頭還刻著「叩」字的石頭。

這顆石頭是蒲松雅熟識的長輩——觀老太太送的。觀老太太在蒲松雅等胡媚兒下樓時，推著裝滿紙箱的手推車經過巷子口，和他寒暄幾句後送出石頭。

蒲松雅愣住一會，面帶難色的道：「觀太太，這個石……」

「也許能給蒲先生一些援助。」

觀老太太溫柔的說著，不等蒲松雅回話就握住手推車的推把，朝巷子另一端走去。

蒲松雅失去交還石頭的機會，而且觀老太太後腳剛離開，胡媚兒前腳就跨出公寓鐵門，讓他沒時間處理老人家的好意，只能帶著石頭前往藝廊。

不過也拜此之賜，蒲松雅意外湊到星座占卜上的幸運物與幸運地點。

「……就當作做一回美夢吧。」

蒲松雅低語，將石頭放回口袋中，轉身離開洗手間。

▼※▲▼※▲▼※▲▼※▲

當蒲松雅回到藝廊角落時，該處已不見胡媚兒與朱孝廉的身影。

「都跑去哪了……算了，先會合再說。」

蒲松雅喃喃自語，他掉頭朝別處走，一面閒逛、一面尋找狐仙與自家工讀生。

不過蒲松雅只找不到五分鐘，注意力就從來往男女的臉，被吸到牆壁上懸吊的畫作上。

藝廊的棕牆掛著一排膠彩畫，畫作的背景清一色是和室、櫻花樹、石庭院、映著夕陽的河堤……等等日本建築或景色，而畫中的主角都是身穿和服的少女。

蒲松雅被畫作吸引住，站在這排色彩不特別鮮豔，畫工也稱不上頂級的畫前，一幅一幅緩慢的欣賞，直到被人拍肩膀才回神。

「找到松雅先生！」

胡媚兒站在蒲松雅背後，在對方回頭時伸出手指，戳中人類的右臉笑道：「哈哈，我成功偷襲松雅……痛痛痛！好痛——」

蒲松雅雙手掐住胡媚兒的臉頰，瞪著不停哀號的狐仙道：「玩這種無聊的遊戲，妳是幾歲的人啊？」

胡媚兒痛到流淚，在人類放手後立刻後退，捧著紅腫的臉反駁：「現在、現在的年輕人都是這樣玩的啊，我昨天在路上才看到一對男女戳來戳去。」

「那是情侶，人類的情侶心智年齡都必須下修二十歲。妳可是狐……」蒲松雅的話聲轉弱，他注意到胡媚兒身旁站著一個陌生的老人，緊急將「仙」字吞回口中。

老人沒漏看蒲松雅的舉動，爬著淺淺皺紋的臉浮現微笑道：「不用在意，我和蒲先生一樣，是知情者。」

蒲松雅頓住兩、三秒，轉向胡媚兒無言的要求解釋。

胡媚兒將手比向老人，喜孜孜的介紹道：「這位是孟龍潭先生！龍潭先生是我在臺灣第一個認識的人類朋友，我們有五十多年的交情喔！」

「五十多年……」

蒲松雅望著孟龍潭，老人穿著一件淺棕色的三件式西裝，臉上看得出歲月的痕跡，但鑿痕並不深；肩寬與身高多少有些萎縮，但是站姿挺拔不見駝態；白髮花白如春雪，可是也濃密如秋收的稻子，看不見扎根的泥土。

蒲松雅在心中粗估老人的年紀問：「妳在他十幾歲時就認識了？」

「不，是四十多歲的時候。」胡媚兒道。

「啊？」

「我今年一百零一歲。」孟龍潭從旁插話，輕拍自己的手臂道：「我別無長處，就是承蒙上天眷顧，身體比平常人硬朗，有幸多活了些年歲。」

蒲松雅瞪大雙眼，將孟龍潭重新看過一遍，堆滿訝異的道：「您看起來……看起來只有六十歲左右。」

「很多人都這麼說！」

胡媚兒搭上孟龍潭的肩膀，自豪的道：「龍潭先生是氣功、柔道和太極拳的高手，能把難吃的養生餐煮得很好吃，還有連灌三瓶大吟釀也不醉的好酒量，是非常厲害的人類！」

「……對妳來說，厲害與否是看廚藝和酒量嗎？」

「什麼？」

「沒事。」

蒲松雅強制停止話題，轉向孟龍潭點頭道：「您好，我是蒲松雅，胡媚兒的朋友，目前在書店工作。」

「我知道，是一間叫做『秋墳』的二手書店吧？小媚跟我說過。」

孟龍潭悠然的笑了笑，看向牆上的膠彩畫問：「蒲先生，我看你在這裡站了好一段時間，是喜歡這區的作品嗎？」

胡媚兒探頭問：「是這樣嗎？松雅先生我告訴你喔，這區的作品是……」

「小媚。」

孟龍潭比出安靜的手勢，將視線放回蒲松雅身上問：「如何？喜歡還是不喜歡？能告訴我你對這些畫的看法嗎？」

蒲松雅的眼瞳微微縮起，他看不穿孟龍潭的企圖，帶著幾分戒備道：「不好意思，我沒上過藝術鑑賞的課，今天還是第一次踏進藝廊，沒什麼值得一說的感想能告訴您。」

「蒲先生太謙虛了。」

孟龍潭的視線瞟向胡媚兒道：「我熟識的友人向我提過你，她說你有一雙銳利的雙眼與清晰的頭腦，能發現旁人忽略的訊息，拼湊出隱藏的真相，是宛如偵探般厲害的人物。」

「您謬讚了，我沒那……」

「此外，蒲先生乍看之下拒人於千里之外，但其實是個容易心軟的好人，無法拒絕老人、小孩與女孩子的拜託。」

孟龍潭見蒲松雅的臉瞬間僵住，再次詢問道：「蒲先生，能告訴我這個老先生，你對這面牆上畫作的感想，喜歡這些畫嗎？」

蒲松雅的嘴角抽動兩下，盯著孟龍潭溫和的笑臉，放棄掙扎開口道：「與其說是喜歡，不如說是被畫裡的氛圍與情境勾住。」

胡媚兒歪著頭問：「氛圍、情境？松雅先生你在說什麼？」

「這幅……不，應該說這面牆上的畫中人，感覺全是在等待某人。」

蒲松雅伸手指著右手邊的畫作道：「妳看，譬如這幅畫中的少女，她坐在櫻花樹下，但是眼睛沒看著櫻花，而是望著斜前方的小徑，同時她的身邊擺有兩份便當，可看出她有個遲到的同伴；隔壁這幅畫裡的少女，她坐在木窗邊，背後是畫著柳樹的紙拉門，手中拿著一個銀懷錶，不過她視線沒在錶上，而是轉頭往窗外瞧，似乎在等待某人經過窗子。」

孟龍潭的雙眼睜大幾分，輕聲催促問：「還有呢？」

「還有就是，我覺得這些畫不是單純的人物畫，而是在呈現某人的回憶或想像。」蒲松雅指向畫作右側的行人道：「你們看這個人，他和櫻花樹的距離頂多兩三步，但是櫻花樹的枝幹和花朵都畫得很清楚，此人的輪廓卻相當模糊；另外，窗邊少女手上的懷錶也刻得非常仔細，但旁邊的木柵窗卻畫得模模糊糊。」

「一般而言，畫面中的景物會因為距離或焦點有清晰或模糊的分別，但是男人和木柵窗都不是遠景，而若要說是焦點的問題……看起來也不對，比較像某人在回憶過去的場景，因為記憶中的景物有些清楚、有些不清楚，導致畫中的景物也部分模糊、部分精細。」

蒲松雅吐完一長串推測，回頭便瞧見胡媚兒與孟龍潭直直盯著自己，活像是瞧見什麼非人生物或驚天神蹟。

說太多，麻煩了——蒲松雅咂嘴，困擾的聲明：「以上都只是我亂看亂想的判斷，你們不要當真，這些畫是回憶還是真實，主角是在等人還是單純發呆，都只有畫家本人知道。」

胡媚兒點點頭，轉向孟龍潭問：「龍潭先生，你覺得怎麼樣？有中嗎？」

「全都中了。」

「好厲害，不愧是松雅先生！」

「等一下，你們在說什麼？胡媚兒妳為什麼問……呃！」蒲松雅停下話，驚愕的朝孟龍潭問：「這面牆上的畫作，全都是您的作品嗎？」

「都是我的自娛之作。」

孟龍潭走近畫作，瞇起掛著魚尾紋的灰眼，以帶著濃濃懷念的口氣道：「我年輕時曾隨一位畫家朋友習畫，一九三二年留日修習醫學時也跟著他一起寫生，返臺後斷斷續續塗了這些雜圖，本來只想放在倉庫裡回憶用，承蒙這間藝廊的主人——她是我曾孫的同學——垂愛，才掛在這裡沾其他人的光。」

「什麼沾光、雜圖！」胡媚兒雙手扠腰不滿的道：「龍潭先生的畫很棒，看起來漂亮又溫柔，一掛出來就一堆人問價格。而且若不是龍潭先生畫得好，怎麼會受邀幫『畫壁』畫牆壁？這些都是對你的肯定啊！」

「畫牆壁？」蒲松雅問。

「松雅先生沒聽說嗎？」

胡媚兒從手提包中拿出開幕酒會的邀請函，指著上頭寫的「開幕式流程」道：「開幕式上寫的『公布神秘展品』，指的就是龍潭先生替『畫壁』畫的三公尺高、八公尺長的壁畫啊！」

「我又不認識這間藝廊的人，要從哪聽說？」

蒲松雅用右手手指彈了胡媚兒的額頭一下，在腦中想像壁畫的大小之後，看向孟龍潭驚訝的問：「您都已經一百歲了，還有力氣畫大壁畫？家人不會擔心您可能會體力不支，或是出其他意外嗎？」

「當然會，不過我有兩位很棒的助手幫忙，託他們兩位的福，我才能順利完成壁畫。」

孟龍潭的視線掃過對面的時鐘，頓住一秒，露出惋惜的表情道：「蒲先生，很榮幸認識你，和你的交談非常愉快，不過我得去做開幕式的準備，容我先行告退。」

蒲松雅道：「那真是遺憾，但是您既然有行程，今天就到此為止吧。」

胡媚兒看看蒲松雅與孟龍潭，歪歪頭不解的道：「你們可以等開幕式結束後繼續聊啊，松雅先生今天一整天都有空。」

「喂，別擅自決定別人有沒有空！我在開幕式結束後，還要趕回家遛金騎士和幫夫人、勇者梳毛。」

「小金、小花和小黑那邊我會去解釋，松雅先生你要多花點時間和好人類相處，要不然性格會越來越扭曲。」

胡媚兒連拍蒲松雅的背脊，轉向孟龍潭期待的問：「龍潭先生，開幕式結束後我們一起去吃晚餐吧？我發現一家酒和菜都很棒的餐廳喔，我們好久沒見面了，要好好聊個通宵！」

「……」

「龍潭先生？」

「抱歉，我剛剛恍神了一下。」孟龍潭尷尬的微笑，他凝視胡媚兒的臉龐片刻，收起笑容嚴肅道：「小媚，能在最後……不，是能在今天見到妳，真是太好了，我很滿足。」

「我也是！我期待今天期待兩個禮拜了喔！龍潭先生，開幕式加油，我會在下面用力鼓掌！」胡媚兒舉著手興致高昂的回答。

看著孟龍潭轉身走入人群，直到對方的背影完全消失，胡媚兒才放下手輕語：「龍潭先生還是一樣，風度翩翩、靈力充沛，這樣我就安心了。」

「他的確是個健康到讓人驚嚇，怎麼看都不像人瑞的老頭子。」

蒲松雅將視線從遠方抽回，轉而露出飽含怒氣的眼神注視著胡媚兒，說：「不過妳居然在別人面亂造謠，說我是會對女人、小孩和老人心軟的偵探角色。」

「欸，我有說這種話嗎？」胡媚兒指指自己的臉問。

「當然是妳說的，同時認識我和孟龍潭的人只有妳吧？」

「是只有我沒錯，只是……」胡媚兒抬頭看著蒲松雅，道：「松雅先生的確是偵探一般的角色，不過說到對女人、小孩與老人心軟，我是女人，孝廉是小孩，但你從來沒對我們心軟過啊……」

「妳是狐狸，孝廉是能光明正大買色情刊物的成年男子。」

蒲松雅將目光投向四方問：「說到孝廉，那傢伙呢？他沒和妳在一起嗎？」

「孝廉？孝廉他不是跟在我……哇啊孝廉不見了！」

胡媚兒原地跳高半尺，雙手抱頭扭曲著臉道：「不是說好要共同行動的嗎！孝廉什麼時候脫隊的？我居然沒有發現！」

「八成是被某個美豔大姐勾走了吧，打電話問人在哪不就好了？」

蒲松雅掏出手機翻出朱孝廉的號碼，可是手指卻停在撥號鍵上，遲遲沒有按下去。

胡媚兒見蒲松雅靜止如石像，湊過去關心問：「怎麼了？手機故障嗎？找不到孝廉的電話？」

「都不是。」蒲松雅收起手機，眼中閃過邪惡的光輝冷笑道：「那傢伙居然拋下上司跑去把妹，得給他一點懲罰才行。我們去找孝廉，然後從背後嚇他。」

「……松雅先生，你好幼稚。」

「有意見的話就別跟，我不需要妳的幫忙。」

儘管胡媚兒一點也不認同蒲松雅的算計，蒲松雅也完全不想和冒失的狐仙組隊，但到頭來兩人還是一起在藝廊中左探頭右探頭，合力搜尋失蹤之人。

他們在藝廊右側的展區發現朱孝廉。

大學生正站在擺放蘭花盆栽的黑石平臺旁，臉上堆滿笑靨，兩手上下揮舞比劃，朝身旁秘書打扮的女子熱情搭話。

相較於朱孝廉的積極，女子則是安靜到冷漠的地步。她的臉上沒有任何表情，漆黑長髮靜靜指向地板，整個人宛如蠟像般毫無生息。

蒲松雅遠遠望著兩人的側影，對自家工讀生看上這名女子有些意外，畢竟女子雖然有著一張婉約如畫中仕女的臉，卻沒有朱孝廉最愛的豐滿雙峰。

大概是突然想換口味吧——蒲松雅如此解釋朱孝廉的異常。

他迅速將困惑拋到腦後，先對胡媚兒打「跟我來」的手勢，再輕手輕腳的繞過人群和展示品，來到自家工讀生的身後。

和朱孝廉說話的女子看到蒲松雅與胡媚兒，精緻如冰雕的臉龐露出一絲驚訝。

蒲松雅將食指壓在嘴唇上，暗示對方別出聲，然後將雙手伸到朱孝廉的右耳邊，賞給對方一記響亮的掌聲。

朱孝廉整個人往旁邊彈，摀住耳朵轉過身又驚又怒的道：「店長、小媚？你們什麼時候來的？為什麼要嚇我？」

「因為你的反應有趣啊。」蒲松雅毫無愧疚的回答，低頭看了朱孝廉手中的手機——螢幕上映著蒲松雅的相片。他問：「你拿我的照片當搭訕女孩子的材料？」

朱孝廉「啊」一聲，猛揮手解釋：「哪有可能！我只是瞄到店長你從前面走經過，但追過去後卻沒看到人，所以拿你的照片出來，問這位小姐有沒有看到人。」

蒲松雅沉默，臉上清楚寫著「我不相信」四個大字。

朱孝廉的臉上爬過冷汗，僵硬的轉移話題問：「對、對了！店長你換回黑色的衣服啦？剛剛明明是穿很騷包的紅色燕尾服。」

「我打從出生至今，都沒穿過、買過、租過很騷包的紅色燕尾服。你真沒有……」

「沒沒沒有！」

朱孝廉高聲吶喊，動作迅速的抓住蒲松雅與胡媚兒的手將兩人往後拉，同時拉長脖子向女子呼喊：「小倩！我先陪我家店長四處逛逛，其他的事我們回家再上網聊，妳要加我的臉書喔，絕對要喔！我一回去就寄信給妳。」

「搞了老半天，你還是拿我當藉口釣美女嘛。」蒲松雅低聲道。

「我不是，我只是……只是在擴展我的女性交友圈！」

胡媚兒狐疑的問：「孝廉為什麼那麼想認識女孩子？女孩子又不稀有。」

「稀有的不是女孩子，是女友！我活了二十年，一個女友都沒交過。」朱孝廉回答，同時被自己的話打擊到，一動也不動的停在展場中央。

蒲松雅嘆一口氣安慰道：「振作點，假如你身體健康沒出意外，你的人生至少還有五十年可活，總會找到女朋友。」

「花了二十年都找不到，再多五十年也……也只是徒增左手的熟練度罷了！」

朱孝廉停頓片刻，驟然鬆手指著蒲松雅的鼻子高喊：「像店長這種被漂亮的女孩倒追，沒付什麼努力就成為人生贏家的人哪會懂我的痛苦！」

「我也想過著被女友、老婆、情婦、美妾、女僕和妹妹環繞，每天苦惱著要如何排解周圍人的醋意，頭痛、甜蜜又淫蕩的美好生活啊！」

處男大學生悲痛的吶喊震動梁柱，周圍的人紛紛停下交談與手邊的事，轉過頭、回過身注視三人。

蒲松雅處在令人發毛的視線漩渦中，瞪著令自己陷入如此窘境的脫線工讀生，腦中浮現兩個選項——

選項一、掐死這個丟臉的死大學生。

選項二、假裝不認識這個丟臉的死大學生。

可惜，無論是哪個選項，就四周人驚訝或鄙夷的目光看來，全都太晚了。

拜朱孝廉的飢渴吶喊之賜，蒲松雅不管走到哪個地方，都覺得周圍有人在偷瞄自己。

他被這種感覺搞得渾身發毛，便以最快的速度找了一個等身大的展示櫃，躲在玻璃櫃子後，利用黑西裝當保護色融入陰影中。

相較於蒲松雅的警戒躲藏，胡媚兒與朱孝廉卻是光明正大的站在展示櫃周圍，一個開開心心的猛吞蛋糕，一個氣勢洶洶的向美女討電話，完全不受左右人的目光影響。

蒲松雅隔著玻璃注視兩人，一方面嫉妒這胡媚兒與朱孝廉的自在，一方面又質疑自己是不是太神經質，兩種情緒加成下，讓他的心情更鬱悶了。

在此等鬱悶下，他只能祈禱開幕式能快點開始、快點結束，好離開這個充滿人類與尷尬的場所，回到自己飄著貓毛狗毛，充斥貓叫狗叫的可愛公寓。

但遺憾的是，蒲松雅的祈禱通常會落空，這次也不例外。

「小媚！」

一名身穿黃色洋裝的年輕女性在稍遠處呼喊，她的臉上堆滿焦慮，快步穿過人群來到胡媚兒面前，靠在狐仙耳邊低語。

胡媚兒邊吞蛋糕邊聽藝廊主人說話，聽到一半就臉色大變，將手裡的盤子與叉子放到展示櫃上，轉身把蒲松雅和朱孝廉從陰影與美女面前拖出來。

蒲松雅嚇一跳，本能的轉動手臂掙扎道：「胡媚兒妳幹什麼？」

「我還沒要到電話啊！」朱孝廉朝遠處的美人伸長手。

「龍潭先生不見了！」

胡媚兒罕見的厲聲說話，她把兩人推到牆角，壓低聲音緊繃的道：「鵑姐……藝廊主人告訴我，龍潭先生十分鐘前就該到ＶＩＰ室準備開幕式，但是她和工作人員在裡頭等了又等，就是沒看到龍潭先生。」

蒲松雅的臉色由不悅轉為嚴肅，皺眉細聲問：「派工作人員去找過人了嗎？也許只是和人聊天聊過頭，或是在某個地方休息到忘記時間。」

「龍潭先生不是那麼沒時間觀念的人，他一向很守時，而派工作人員找……」胡媚兒沉下臉，偏頭瞥向穿著高雅的賓客道：「會引起騷動，今天有很多貴客和記者來，鵑姐不想讓他們有不好的印象。」

朱孝廉問：「那要怎麼辦？延後開幕式、把那個老爺爺的節目抽掉？」

「鵑姐有打算延後開幕，但最多只能延十分鐘，再找不到人就只能抽掉壁畫畫家介紹了，但這是最糟糕的選擇。」

「還不到延後或抽節目的時候。」

蒲松雅拿出藝廊介紹單，翻到藝廊平面示意圖那面道：「藝廊分成繪壁、刻壁、飾壁三區，一人搜一區大概三分鐘內可以搜完，如果那個老爺爺沒有離開藝廊，我們應該能在開幕式前五分鐘找到人。」

胡媚兒眼睛一亮問：「松雅先生你願意幫我找人？」

「妳不就是為了要我和孝廉幫忙，才把我們兩個拉過來？」

「是沒錯，但是過去每次我想請松雅先生出手，都要費好大的力氣死纏爛打，你才願意幫我，這次為什麼主動點頭？」

「妳也知道自己是在死纏爛打啊？」

蒲松雅送給胡媚兒一記瞪眼，再盯著畫廊介紹單道：「這次和以往不一樣，妳的願望和我的希望是一致的。在這種令人發毛的地方多待十分鐘？給我一百萬我都不要！」

「發毛？這裡很乾淨，我沒看見半隻遊魂。松雅先生要是不舒服的話，跟我到廁所去，我拿符幫你淨身。」

「會讓人發毛的又不是只有死人，還有，女孩子不要隨便約男人去廁所。」

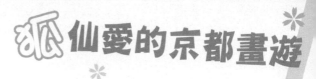

蒲松雅捲起藝廊介紹單輕敲胡媚兒的頭，再指向左邊的通道說：「胡媚兒，妳負責西側的『繪壁』，孝廉你找東側的『飾壁』，我來搜中央的『刻壁』。發現孟龍潭的人不要移動，立刻通知其他兩人；沒發現的話也不要動，回覆其他兩人後再討論怎麼做。有疑問嗎？」

胡媚兒與朱孝廉搖頭，立即一人往右轉、一人向左轉，小跑步穿過展場朝自己分配到的區塊奔去。

蒲松雅看向四方，視線掃過來往的男女們，尋找百歲人瑞的身影。

展場本身就不小，加上裡頭的賓客也頗多，此外還有展示櫃作障礙物，導致搜索工作比蒲松雅想像中麻煩。

蒲松雅勉強在三分鐘內將展場中的臉看過一輪，確定孟龍潭不在後，發簡訊給另外兩人，然後拿著手機等待其他人的結果。

他很快就收到胡媚兒的回報：「找不到龍潭先生，女廁男廁裡都沒有！」

但他卻遲遲沒有接到朱孝廉的簡訊。

怎麼回事？蒲松雅先發訊息催促朱孝廉，再撥號想直接罵自家工讀生，然而他的訊息沒有回音，電話第一通直接進入語音信箱，第二通則是聽見通話中的嘟聲。

「松雅先生——」胡媚兒搖晃手臂，繞過一名男賓客和兩個展示櫃，跑到蒲松雅面前道：「孝廉一直沒有回我的簡訊，而且我打手機給他，第一通通話中，第二通跑到語音信箱。他有聯絡你嗎？」

「……」

「松雅先生？」

「……沒事。」

蒲松雅將手機收入口袋中，轉身走向朱孝廉負責的東側展場。

東側展場「飾壁」是藝廊中展覽品數量最少的一處，此處的三面牆中只有左右的牆上掛有畫作，且因為本區是開幕式的舉辦地點，所以場中沒有放置展示櫃，取而代之的是一張置於正面牆前的長桌、數排酒紅色的椅子，以及好幾個插有「慶賀開幕」卡片的花籃。

蒲松雅一來到「飾壁」入口，整個人就瞬間愣住，舉起手擋住胡媚兒。

胡媚兒撞上蒲松雅的手臂，本想問對方在做什麼，卻在目光掠過展場時，理解人類阻止自己的原因。

「飾壁」內有桌有椅有畫有花，但就是沒有人。整個展區空空如也，不見本該在此準備開幕典禮的工作人員，更無任何逛展的賓客。

不過，這還不是最令蒲松雅警戒的事，最令他警戒的，是展區中到處是工作人員與賓客活動過的痕跡——長桌上斜放著麥克風，以及喝到一半的高腳杯和吃剩的半塊蛋糕；椅子上可見隨手放置的手提包、兩三臺單眼相機，與摺起來的手帕。

活像是恐怖片中整個鎮的鎮民集體失蹤的場景！

蒲松雅的背脊爬過寒意，猶豫要進入展區還是離開此地去找警衛，可胡媚兒突然推開他的手，一腳踏入「飾壁」。他趕緊伸手想拉住胡媚兒，結果手沒抓住狐仙，卻被對方繞上一條紅線。

「胡媚兒，妳做……」

「松雅先生請不要進來，這裡有不好的東西。」

胡媚兒嚴肅的警告，她緩慢謹慎的往前走，停在最後一排椅子前低聲道：「正體還不確定在哪，但的確『有什麼』在這裡，令此處的氣場和靈力出現細微的扭曲。」

蒲松雅望著胡媚兒緊繃的背影，想起狐仙發飆挑掉二十多名流氓，造成多人心靈受創的事，便跨大步走到狐仙身邊。

胡媚兒嚇一大跳，轉身指著展場入口大喊：「松雅先生快點出去！如果你出意外，我沒辦法對我和二……」

「有妳在，我不會出事。」蒲松雅瞥了胡媚兒一眼，舉起繞著紅繩的右手道：「再說，妳不是為我上過保險了？」

「但是……」

「妳不是說過，自己最得意的就是法術嗎？」

蒲松雅拍拍胡媚兒的頭，手插口袋環顧四方道：「用妳擅長的法術守好我，讓我能用妳口中『銳利的雙眼與清晰的頭腦』找出被妳忽略的訊息，儘快把這裡的異常化解。」

「……這麼積極的松雅先生好奇怪。」

「閉嘴。」

蒲松雅與胡媚兒並肩繞著座位區走，為了捕捉靈力的變化以及觀察每一個小細節，他們走得相當緩慢，短短二十多公尺的路走了快三分鐘才走完。

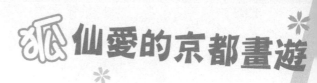

　　而當蒲松雅走到座位區與長桌之間的走道時，他的右肩肌肉突然一陣抽痛，本能的停下腳步往右看，目光落在桌子後的牆壁上。

　　這面牆壁上懸掛著深藍色的緞面布，緞布一半還好好的遮住牆面，一半則落在地上疊出皺褶。蒲松雅盯著露出的牆面，牆面上塗的不是單一色彩的油漆，而是紅、棕、綠、藍、黃……各色顏料，這些顏料勾勒出整齊的街道、兩三層樓高的日式木房、清澈的溪流與包圍流水的河堤。

　　緞面布之後是胡媚兒提過，本次開幕式中的神秘展品——孟龍潭主繪的壁畫。這幅壁畫有孟龍潭特有的柔和筆法，不過細節上更加精緻，彷彿是拿著照片與放大鏡，一公厘、一公厘刻出來的。

　　蒲松雅先被壁畫的精美所吸引，再發現畫中的行人全集中在左側角落，排成一排面向右邊走去。這些行人只比手掌大上一些，但是衣著與髮型統統不馬虎，五官雖礙於大小不免模糊，可也能大致看出畫中人的神態與特徵。

　　蒲松雅瞇起眼細看這排行人，走在第一位的是名身著棕色西裝的長者，長者之後是穿紅色燕尾服的男子、秘書打扮的長髮女性、一身珠寶首飾的中年婦女、瘦瘦高高的黑衣服務生……最後一位則是套著不合身藍背心的青年。

他注視著藍背心青年，再回頭看棕西裝長者，背脊被尖銳的顫慄感貫穿，手指壁畫上的行人道：「胡媚兒，人在那……」

「造成扭曲的是那幅壁畫！」

胡媚兒、蒲松雅差兩秒開口，卻在同一秒舉手指著壁畫，兩人因對方的動作傻住，停頓兩、三秒後一同大喊：「你（妳）說什麼？」

「我終於找到擾亂氣場的元凶了！」胡媚兒轉身手掐黃符，眼睛盯著壁畫道：「就是它！雖然它把自己隱藏得很好，但是沒有術法能完全消去自己的氣息。我不知道這東西把人弄到哪……」

「人在壁畫裡。」

「但只要先把畫砸了就……咦？人人人在畫裡面？」胡媚兒瞪大雙眼，一臉活像被人奪走飯菜的模樣。

蒲松雅嘆一口氣，把胡媚兒拉到壁畫左側，偏頭示意狐仙低頭看左下角的行人們。

胡媚兒盯著這群小人，臉色一點一滴轉青，垂下肩膀低聲道：「難怪我沒有感受到人的氣息，因為他們的陽氣被法術的陰氣蓋住了……不妙！這樣就不能砸畫了，會傷到裡頭的人……」

「只有砸畫能毀掉法術嗎？」

「當然不是，砸畫是最直接、快速、不安全、不正統、會被師兄罵的方法，正統、正確、安全的方法是先釐清法術的編排設計，再依序挑斷咒文、阻絕咒力，令整個法術崩解。」

胡媚兒邊說邊將手伸向壁畫，張開五指貼上冰冷的畫作道：「但是這需要時間，而畫上的法術……是個相當難纏的法術，我明明已經直接碰觸寄宿法術的『載器』，卻還是無法讀出法術的全貌，這個法術裡有許多隱匿、混淆與抵抗外部干涉的咒文，而且幾乎都是獨創的。」

蒲松雅靜靜的聽胡媚兒說話，眼角餘光偶然掃過角落的行人，愣住一秒，隨即抓住狐仙的肩膀問：「胡媚兒，那些人是不是前進了？」

胡媚兒低頭看行人，臉色瞬間轉青道：「是有比剛剛前進一些……畫中的陰氣變得更強了！這幅畫在吞噬畫中人的生氣，必須儘快解開法術，要不然他們就危險了。」

胡媚兒雙手貼上壁畫，閉上雙眼低頭唸唸有詞。她的身體沒有像仙俠電影、電玩中的神仙般放光或起風，卻湧現叫人屏息的壓迫感。

蒲松雅不懂咒文與法術，無法幫上胡媚兒的忙，但是站著乾瞪眼也不是他的風格，所以他開始以自己的方式思考破解法術的方法。

胡媚兒對法術的描述，讓蒲松雅聯想到拆定時炸彈的步驟。要拆除定時炸彈，得先找出炸彈的位置，撬開炸彈外部的鐵殼或其他遮蔽物，研究裡頭的線路配置後下手拆解。目前他們已經找到炸彈，卻被炸彈堅硬厚實的外殼擋住，無法對裡頭的線路動手腳。

「……必須快點撬開外殼。」蒲松雅盯著左下角的行人群低語，這些行人比先前又前進了幾公分，而胡媚兒的表情也由嚴肅進階到凝重。

——如果能挖一個洞或開一扇門，直接闖進去就好了。

蒲松雅突然冒出這個想法，甚至在腦中具體描繪出門的形狀與位置。

這扇門在他的右手邊，因為是潛入用的，所以不能太大，色彩輪廓也與畫作融為一體，宛如科幻電影中漆上光學迷彩的物品，只有知道位置的人能發現這扇門。他低頭看向自己幻想的門，在筆直排列的平房與河堤間，居然看見了不自然的門形凸起物。

蒲松雅的雙眼睜大，盯著那扇本該只存於幻想，卻又真真實實貼在畫上的門。

他緩慢的抬起手握住門把，輕輕一轉後拉開門扉。

「松雅先生！」

胡媚兒的喊聲在蒲松雅耳邊響起，而他的右手——握上門把與纏繞紅線的手——同時湧起一陣灼熱，紅線燒毀掉到地上。

在紅線落地的瞬間，一陣旋風與黑暗從半開的門中衝出，將蒲松雅與抓住他的狐仙拉入門中……

第一章

早餐就吃和牛吧！

蒲松雅大學時期有過一次慘烈的宿醉，當時他剛成為秋墳書店的店員，老闆荷二郎替他辦了一場歡迎宴，而宴會上的人無論年紀、性別，酒量都是蒲松雅的三倍以上。

蒲松雅怕丟掉好不容易獲得的工作，擠出笑臉接下這些人遞來的每一杯酒，讓灼熱的酒液掃過喉嚨，然後將意識綁上大石頭丟入馬里亞納海溝。他在夢中的海溝滾了上千圈，隔天醒來時看到的不是朝陽，而是夕陽。他感覺自己的血管中灌滿強力膠，肌肉硬如鑽石、重如鉛球，腦袋裡裝的全是嘔吐物。

經過這次慘痛的經驗後，蒲松雅就非常克制的飲酒，雖然他還是被人灌醉好幾次，但至少沒有那一次嚴重。

蒲松雅以為自己不會再有相同的經歷，直到他打開不該存在的門，掉落到不應該出現的地方。

「唔……」

蒲松雅先聽見自己的呻吟，接著才僵硬的睜開雙眼，看到被夕色染紅的天空、橫過天頂的電線、古雅的斜屋簷與木柵拉門，最後瞧見胡媚兒的高跟鞋。

他猛然把自己的頭往另一側轉，而這個動作令頭痛加重，使蒲松雅用力的倒抽一口氣。

胡媚兒因為抽氣聲而低頭，這才發現蒲松雅醒了，趕緊蹲下身把人扶起來問：「松雅先生你沒事吧？有沒有哪邊痛、哪邊不舒服？認不認識我的臉？」

「我全身都痛、全身都不舒服，如果能選的話真不想認識妳。」

蒲松雅撐著格子拉門站起來，過程中手滑了兩次，重心不穩三次，好在胡媚兒每次都有撈住人，否則他的頭上肯定會多好幾個大包。

他在站穩腳步後，才有餘力去看自己與胡媚兒處在哪裡。

兩人站在一間木造房舍前，房舍的屋簷罩住他們的頭頂，暗褐色的木柵拉門緊貼蒲松雅與胡媚兒的背後。

平房面對筆直的馬路，路上行人來來往往，偶爾才會出現一兩輛馬車或汽車；馬路之後是灰色的河堤，河堤緊依清澈的河流，堤身與堤上的男女倒映於河面，隨水波輕輕晃動。

蒲松雅對眼前的房屋與河岸有點印象，正在回想自己在哪看過同樣的景色時，胡媚兒先吐出答案。

「京都！」胡媚兒左右轉頭驚訝的道：「這裡看起來和日本的京都好像！沒錯，和京都一模一樣！」

「的確和京都有點像，但不到一模一樣的地步吧？」

蒲松雅忍著頭痛與暈眩感，凝神注視四周的景物道：「乍看之下很像，但細看後就會發現很多小細節都不對，譬如電線桿的桿身居然是木造的，房屋的建材與造型不夠精緻，還有些腐朽。另外，街上穿和服的人也太多了吧？」

「我不覺得有哪邊不對，這裡和我上次到京都時看到的一模一樣，行人的穿著也是。」

「真的？妳上次來京都是什麼時候？」

「我想想……好像是一九三四年還是一九三五年的樣子。」

蒲松雅的嘴角抽搐，一九三四、一九三五年？那不是將近八十年前嗎！

「距離現在是有一小段時間，但也沒有非常久。松雅先生你怎麼了？為什麼瞪我？」胡媚兒歪頭問。

「沒什麼。」蒲松雅沉聲回答，他放棄糾正胡媚兒扭曲的時間觀。對道行三百年，且未來還有可能活到一千歲的狐仙而言，八十年的確只是一小段時間。

胡媚兒踮腳靠近蒲松雅問：「真的嗎？可是你的臉色……」

「我們現在在那裡？」蒲松雅強行轉移話題問：「是在壁畫裡吧？別告訴我，我們掉到真正的京都了。」

「我們是在壁畫裡，這裡的空氣裡洋溢著畫中法術的陰氣，不過我不清楚我們是怎麼進來的，松雅先生你知道嗎？」

「我……」蒲松雅的話聲漸漸轉弱。

我在心裡想像一扇門，結果畫上真的跑出一扇門，打開後人就在這裡了——這種莫名其妙、又蠢又難以置信的話，他實在說不出口。

「我也不知道。」蒲松雅改口回答。

聽著從背後木柵拉門傳出的談笑聲，他皺皺眉，頭疼的問：「我們要一直站在這裡嗎？沒別的地方可去或沒別的事可做？」

「我是想把這附近走過一輪，好好看清楚法術內的氣流與咒文，只是礙於松雅先生昏迷不醒，所以才沒有移動。」

「我已經醒了。走吧，張大妳的眼睛，儘快把法術拆了。」

蒲松雅雙手插入口袋，吞下反胃的感覺走向馬路。

胡媚兒快步跟上蒲松雅，兩人一同離開屋簷的範圍，混入馬路上川流不息的行人之中。

蒲松雅一開始還很擔心自己與狐仙會引來路人的側目，畢竟兩人的穿著和周圍的人有八十多年的落差，不過他很快就發現行人要不對他們視而不見，要不就是見了卻毫無反應。蒲松雅暗自鬆一口氣，只是這一放鬆卻使身體的不適感更加明顯，他跨步的速度與寬度漸漸變慢縮小，從走在胡媚兒前頭轉為跟在對方後頭。

胡媚兒沒注意到蒲松雅的狀態，她專注於閱讀周圍的氣，想也沒想就走在前頭，還不自覺的越走越快。

兩人一前一後走過半條街，天空在他們探查法術、忍耐昏眩時慢慢轉黑，厚重的雲朵取代夕陽覆蓋天際，最後化為斗大的雨滴撲向行人與車輛。

路上的男女紛紛以手或隨身物品擋雨，朝著屋簷、亭子、車子或其他能遮雨的場所飛奔，原本略顯擁擠的馬路迅速清空，只剩車輛與零星路人。

胡媚兒被傾盆大雨打醒，驚覺自己與蒲松雅是馬路上唯二的行人，趕緊左右轉頭尋找躲雨處。她在雨幕中瞧見一抹黃光，瞇起眼看向光芒，發現光源來自一間門扉半開的房舍，立刻抓起蒲松雅的手衝向屋子。

胡媚兒在屋主關上門前到達，她先把蒲松雅塞進門內，再一個箭步跨過門檻，轉身拉起門擋雨。

「得救了！」

胡媚兒抹去臉上的雨水，同時聞到烤魚、肉汁和清酒的香味，她愣了一秒，抬起頭看向周遭。

她和蒲松雅站在一間小料理店中，店的木頭天花板下懸吊著電燈泡，燈泡照亮店中央的走道與兩側的榻榻米座席，而座席上坐滿客人、放滿香氣撲鼻的菜餚。

榻榻米座上的客人統統盯著胡媚兒看，而胡媚兒也盯著這些人看，尷尬與沉默取代酒香飯香，瀰漫整間料理店。

「兩位是要用餐嗎？」

銀鈴般的話聲敲碎了店內凍結的氣氛，一名女子拿著托盤，掛著笑容走向胡媚兒與蒲松雅兩人。

這名女子長得十分秀麗，明亮的大眼配上優雅的柳眉，微翹的鼻梁下是小巧的嘴脣，右臉頰上有一個楓葉狀的紅胎記，但並不折損她的美麗，反而襯托出皮膚的白淨。女子穿著青色的和服，和服的袖子以白繩固定在手臂兩側，她的腰上掛著一個銀色懷錶，錶下是暗紅色的圍裙，圍裙角落繡著一個「葛」字。

這名老闆打扮的女子來到胡媚兒面前，低下頭鞠躬道：「不好意思，小店已經客滿了，無法再多接待新客人。」

胡媚兒揮舞雙手道：「我們不是要用餐，我們只是進來躲雨，不需要座位，雨一停就會馬上離開。」

女子面帶歉色道：「我也很想幫助兩位，但是如您所見，小店的空間不大，恐怕也無法讓兩位在店內避雨。」

「欸欸！站著也沒辦法嗎？那蹲著呢？或是讓我們去倉庫或廁所待著？」

「小店的倉庫雜亂狹小，而廁所也不是適合休息的地方……要不這樣，我借兩位雨傘，請兩位移駕別處休息？」

「這個……」

胡媚兒回頭看蒲松雅，想問對方願不願意接受店家的建議，但卻沒能將問題吐出口。

為什麼？

因為胡媚兒被蒲松雅的樣子嚇到了。

蒲松雅站在狐仙背後，一手掩嘴、一手緊壓自己的腰，面色慘白、雙肩顫抖，黑眼中沒有平日的銳利，只有混濁與痛苦。

胡媚兒小心翼翼的呼喚，伸出手想碰觸蒲松雅的手臂，可是她的指尖才剛摸到衣服，蒲松雅就雙腿一折，猛然往前倒下。

「松雅先生？」

「松雅先生！」

胡媚兒尖叫，她抱住軟倒的蒲松雅，搖晃對方冰冷的身軀，雙眼因為恐懼而溼潤。

蒲松雅聽不到胡媚兒的喊聲，他能看見狐仙的嘴巴開開闔闔，但也僅此而已，冰冷的黑暗迅速包圍耳朵和眼睛，將精神拖入深淵中。

▼※▲▼※▲▼※▲▼※▲

他坐在教室的角落注視著窗戶，玻璃窗被大雨打溼，流動的雨水扭曲了光線，模糊了窗外的景色。

一雙手由後方偷偷靠近他，在彼此的距離縮短至零時猛然下壓，將他嚇一大跳，從椅子上彈起來往後看。

「找到你了！」

偷襲者如此說著，白皙的臉上一如往常洋溢著笑容，但多了幾分惡作劇成功的得意。

他鬆了一口氣，但仍擺出不悅的樣子道：「找到？我一直坐在這裡沒躲也沒藏，哪有什麼找到不找到？」

「普通人的話當然是這樣，但是你不是普通人，你只要不想被人找到，就算不躲不藏，旁人照樣找不到。」

「我哪有那麼厲害！再說你不就找到我了？你每次都找得到我。」

「當然，因為我是你，你當然知道你自己在哪。」

「這是什麼哲學討論嗎？你就是你，怎麼會是我？」

「不是哲學討論，是對現實的描述！我是我，但同時我也是你；就像你是你，但你同時也是我。我們是既分別又重疊，是兩個個體，也是一個完整體。」

偷襲者拍拍自己的胸口，再指向他的心臟，道：「所以我知道你此刻的心情、想法和需求——什麼都不用擔心，無論發生什麼事，我都會陪在你身邊，而你也會支持我，對吧？」

他的嘴唇動了動，想要回答「沒錯，就是這樣」，但卻無法鼓動舌頭給出彼此都想聽、想說的答案。

因為他比任何人都清楚，事實並非如此，事實是……

「你說謊。」

他對自己，也對與自己擁有相同臉孔的兄弟說，同時看見對方的笑臉瞬間破碎，融化在幽暗的教室中。

▼※▲▼※▲▼※▲▼※▲

蒲松雅盯著粗長的木橫梁，腦袋空白了整整一分鐘，才意識自己已經脫離夢境。

「嗚呼……」

蒲松雅掀開棉被撐起身子，坐在白色床墊上注視四方。

他待在一個鋪滿榻榻米的小房間中，房間的前後分別是牆壁與壁櫃，右側則是半開的木窗，窗外隱約能聽見蟲鳴與路人的交談聲；左邊是合攏的紙拉門，鵝黃色的門上畫著低垂的柳樹，栩栩如生的綠葉給人隨時會隨風晃動的錯覺。

蒲松雅盯著柳樹拉門，覺得自己似乎見過同樣的門，快要想起是在哪裡看到時，柳樹突然晃動兩下躲入隔壁的門中。

胡媚兒拉開紙門，瞧見蒲松雅坐在床墊上看著自己，鼻子抽動一下，鬆手放下臉盆與毛巾，雙腳蹬地撲向人類。

「松松松雅先生——」

「妳不要勒我的脖、脖……子！」

蒲松雅推著胡媚兒的肩膀大喊，費了一番力氣才把狐仙從身上扯下來，看著留在走廊上的毛巾與臉盆問：「妳端水上來做什麼？」

「給松雅先生洗臉擦身體啊，因為你睡得一身汗，不好好擦一擦會感冒。」胡媚兒邊說邊將臉盆與毛巾端過來，弄溼毛巾後再扭乾，笑咪咪的對蒲松雅道：「好了，松雅先生，請把上衣脫下來，我來幫你擦汗。」

「……」

「松雅先生？」

「我自己來就行了。」

蒲松雅拿起毛巾，轉身背對胡媚兒解開襯衫的釦子，擦拭著身軀問：「對了，我們現在在哪？」

「葛夜姐的店的二樓。」

「葛夜？」

「葛夜姐是這裡——料理店『清割』的老闆。先前下大雨的時候，我不是拉著你衝進一間客滿的店嗎？當時出來接待我們的就是葛夜姐。松雅先生還記得吧？」

蒲松雅皺眉，不確定的道：「我好像有點印象……是一個講話聲音柔軟，笑容婉約的女孩吧？」

胡媚兒點點頭，「沒錯、沒錯，那就是葛夜姐！不過葛夜姐只有在開店時才會用柔軟的聲音說話與微笑，她私底下可是豪邁直率，像個男孩子一樣的人。」

「私底下？妳們才相處沒多久，妳就知道她私底下的樣子了？」

「我們相處了一整晚喔。從昨晚松雅先生昏倒後，葛夜姐就一直陪我照顧你，直到早上她才離開。」

「昨晚……所以我昏迷了一晚啊……」

蒲松雅喃喃自語，頓一秒後驟然變色，轉身扣住胡媚兒的肩膀問：「是這樣嗎？我在這種鬼地方躺了整整一晚嗎？」

「松、松雅先生你冷靜一點，你當時的狀態很差，就算我即時以五陽聚返法補足你的陽氣並做出護身壁，只花一晚就醒來其實……」

「不是那個問題！」

蒲松雅的聲音飆高，抽回手激動的道：「我是昨天下午兩點五十九分離開家裡，三點十二分與妳、朱孝廉會合，四點零三分到達藝廊『畫壁』，而現在……現在從影子的長度推估，大致是早上五點半到六點之間，妳知道這代表什麼嗎！」

「松雅先生是人體日晷儀。」

「不是，是我已經讓我家毛小孩獨自在家十四小時又三十一分鐘，至十五小時又一分鐘了啊！」

蒲松雅揪緊自己的頭髮，仰著頭慌亂的搖晃道：「我出門前沒多放飼料、沒換過水，然後金騎士晚上得散步，花夫人需要梳毛和按摩，黑勇者一定要我陪牠玩超過半小時才會睡，此外家裡新接收了兩隻收容所的小貓，那些小貓一個要灌藥、一個要點眼藥……我要回去，現在就讓我回去！」

「松雅先生你冷靜點，事情並沒有你想像……」

「事情非常嚴重！像妳這種沒有養過毛小孩的人類……不，是自己都欠人照顧的毛狐狸是不會懂的，那可是整整十四甚至十五個小時啊！這麼長的時間……」

「松雅先生沒有離開那麼長的時間！」

胡媚兒以近乎尖叫的音量打斷蒲松雅，舉起十指算了算，最後比出數字「二」道：「是兩個半小時，兩個半小時又一分十秒，這裡的時間流動和外面不一樣，這邊過一天，外面才過十秒鐘。」

蒲松雅整個人僵住，維持抓頭的姿勢問：「妳確定？」

「我確定，我在松雅先生休息時研究了包圍我們的咒文。」

胡媚兒伸手掏口袋，拿出一張與指甲差不多的白紙，將紙拋上天空再用力拍手，小白紙立刻展開展開再展開，擴張至兩張全開壁報紙的大小。

白紙一半是空白，一半則滿是蒲松雅看不懂的蝌蚪文，蝌蚪文包圍一個五角形，五角形內又疊了數個圓形與方形，交織出一幅叫人眼花撩亂的圖畫。

「這是我目前解析出的部分，而這裡……」胡媚兒指著五角形內部的第一個圓圈，解釋道：「這是南柯妄時術，雖然咒文上有做過調整，但效用與原本的術法相同，都是干涉此境與外境的時間流動，令此境之時快，外境之時緩。」

蒲松雅緊繃的十指慢慢鬆開，放下手，吐一口氣道：「那就好，我可從沒在沒做任何準備下，就離家超過十二個小時。」

胡媚兒見蒲松雅恢復冷靜，先鬆一口氣安下心，再低下頭嚴肅的道：「松雅先生，我必須向你道歉，我沒有好好保護你，讓你被陰氣入侵。」

「那原來是被陰氣入侵啊，我還以為是宿醉。」蒲松雅回想昨晚的強烈噁心感，搖搖頭甩開回憶道：「不過那也不能怪妳，妳當時應該是在專心『看』法術的內部，會忽略我的狀態沒什麼，別太在意。」

「不能不在意，我是師承荷湘仙子，獲得『凡界走』許可的狐仙，怎麼可以這麼大意？我應該能做到一面釐清法術的咒文，一面保護松雅先生。」

「妳對自己的要求太高了，而且當時我沒說自己不舒服，甚至還刻意掩飾，以妳遲鈍的程度，沒發現很正常。」

「掩飾……啊！」

胡媚兒突然抬起頭，前傾身子雙手壓上被子道：「說到掩飾，松雅先生真的很愛假裝沒事呢！痛的時候就要喊，傷心的時刻就要哭，忍住不喊不哭只會傷到自己，請你務必改掉這個壞習慣。」

「等一下，現在是在檢討妳吧？為什麼要改進的人變成我？」

「因為這樣子下去很危險啊！之前松雅先生也一句話都沒說就衝去長亭家，結果差點被人殺掉。有困難、有需要就要講，這樣我才能幫助松雅先生。」

蒲松雅的臉上浮現青筋，逼近胡媚兒的臉怒瞪對方道：「這裡最危險、最需要注意的人明明是妳，如果妳的神經能稍微細一點，眼睛和腦袋也放亮一些，我哪會這麼辛……」

「早安！小媚，黑衣服的小哥醒了嗎？」

第三者的聲音猛然插入，昨晚身穿圍裙、面有楓葉胎記的女子以跪姿拉開紙門，在瞧見房內兩人的動作時，整個人瞬間化為石像。

胡媚兒的雙手壓在蒲松雅兩側的被子上，蒲松雅則是低頭注視胡媚兒，人類與狐仙的臉部距離不足五公分。

附帶一提，蒲松雅的襯衫釦子一顆都沒扣。

「……」

「……」

「看、看起來是沒事了……那我就不打擾兩位了，你們夫妻倆繼續！」

女子碰一聲拉上紙門，留下仍維持曖昧姿勢的兩人。

蒲松雅的臉對著柳樹紙門，眼珠子緩緩轉向胡媚兒問：「那是誰？」

「我剛剛提到的店老闆葛夜小姐。」

「妳對店老闆說，我們是夫妻？」

「呃不是，那是、是……」

胡媚兒直起腰桿，拉開兩人的距離搖手道：「是權宜之計啦！如果不說我們是夫妻，葛夜姐就會把我們安排在兩個房間，那樣子太危險了，所以我才騙她說我們是夫妻。」

「……」

「松雅先生你不要瞪我啦！這裡不是現實世界，只是壁畫中的世界，這裡的人事物都是像泡泡一樣不存在的，你不用在意我對她說了什麼，反正等我們炸掉這個法術後，什麼也不會留下來。」

「……」

「真的啦！我發誓真的不管我在這裡說什麼，像是松雅先生超凶暴、對女人和小孩一點也不溫柔、壞心眼會亂整人，都絕對不會影響到你的名譽，所以……別把頭轉開啊，看著我！松雅先生看著我然後相信我啦！」

▼※▲▼※▲▼※▲▼※▲

胡媚兒吵鬧打滾了十多分鐘，才盼到蒲松雅吐出「夠了我相信妳可以了吧！」這句話，舉手歡呼讓房間恢復平靜。

不過，蒲松雅之所以原諒胡媚兒，與胡媚兒的語言或耍賴能力無關——雖然當事人的確快被煩死了——而是他急於解決生理需求。

「妳確定這裡真的有廁所？」蒲松雅一面走下樓梯，一面吐出已經問過三回的問題。

「當然有！這裡可是賣吃的地方，賣吃的地方怎麼能沒有廁所？」

胡媚兒跟在蒲松雅身後，指著一樓走廊盡頭掛有「御手洗」三個字的拉門道：「我昨晚問過葛夜小姐，『清割』有獨立的廁所，松雅先生你看，就在那裡。」

蒲松雅稍稍安心，但他馬上就冒出新的憂慮問：「妳用過這裡的廁所嗎？這裡該不會是放尿斗之類，或是用繩子清潔吧？」

「這裡可是有電力和汽車的地方，廁所的設備哪有可能那麼落後。」

「電力和汽車與廁所設備無關，廁所的設備完善與否，取決於自來水管和汙水下水道。」

蒲松雅停在一樓走廊，雙眼透過窗戶望向後院道：「這間屋子的周圍有挖水溝，但院子裡有手壓汲水幫浦，怎麼看都不像是有自來水的地方。」

「松雅先生你多慮了，這裡可是仿造日本的世界，日本的馬桶都是免治馬桶，我去日本修行的三師兄是這麼說的。」

「妳的師兄是什麼時候去日本的？」

「我想一下，應該是前年秋天，師兄當時有寄明信片給我們。」

「前年……那不是距『今』快八十年後嗎？」

蒲松雅垮下肩膀，他站在「御手洗」拉門前，明知道裡頭不可能出現免治馬桶，但仍忍不住祈禱開門後能瞧見潔白優雅、靠一個按鍵就將髒汙沖得乾乾淨淨的陶瓷工業品。

不管裡頭是什麼，都只能耐著性子上了──蒲松雅抱著覺悟拉開拉門，然後兩秒後就迅速將門關上。

胡媚兒看見蒲松雅開門又關門，好奇的探頭問：「為什麼關門？裡面有人？」

「裡面沒人。」

「那為什麼不進去？」

胡媚兒問著，同時越過蒲松雅抓住拉門的黑圓把，不等對方回答就把廁所打開，看著裡頭潔白優雅、靠一個按鍵就將髒汙沖得乾乾淨淨的陶瓷工業品笑道：「免治馬桶！而且是有暖墊功能的款式。松雅先生你看，我說得沒錯吧？」

「……」

「怎麼了？沒帶衛生紙的話，我可以借你。」

「廁所裡面有衛生紙。」

蒲松雅踏進放著最新型免治馬桶、感應式省水洗手檯與潔白衛生紙的廁所，轉身將狐仙關在門外。

▼※▲▼※▲▼※▲▼※▲

蒲松雅在五分鐘後走出廁所，他和胡媚兒一同回到二樓的房間，坐在窗子邊俯瞰街道上的行人車輛，雙眉緊鎖，不曉得在思索什麼。

胡媚兒沒去注意蒲松雅，她展開那張大得嚇人的紙，拿出眉筆，繼續將自己讀取到的咒文寫下。

兩人待在同一個空間，但視線與思緒都不在彼此身上，小小的和室內只有紙筆摩擦聲，與從路上飄來的交談車馬音。

此種微妙的寧靜持續了一個多小時，直到「清割」的員工上來，隔著拉門請兩人到一樓用早餐——清割的員工都住在店面二樓或周圍，所以會一起吃飯。

「好，我們馬上下去。」

胡媚兒收起紙和眉筆，整理整理裙子站起來喊道：「松雅先生，我們去吃飯吧。這裡雖然是幻境，但還是需要吃飯喝水上廁所。」

蒲松雅起身走向胡媚兒，不過他不是隨著對方下樓，而是雙手扣住狐仙的肩膀，把人扳向自己。

「松雅先生你做什……」

「說到日本，我第一個想到的就是河豚大餐與和牛。」

蒲松雅直視胡媚兒的眼瞳，他緊緊的抓住狐仙，面無表情道：「我高中時曾經對河豚很著迷，和家人去京都的時候原本想吃河豚大餐，可惜我們中意的店家客滿，所以最後還是沒吃到。」

「松雅先生……」

「但是現在我對和牛比較感興趣。」

「和牛什麼的……」

「妳吃過和牛嗎？」蒲松雅問，盯著胡媚兒的臉道：「沒有吧？我也是。不過我聽人說過和牛。和牛的肉質細嫩，但卻不會軟爛到毫無口感；味道濃郁厚重，可又不會讓人感覺膩味，是綜合豪邁與高雅，世界上最高級的牛肉之一。」

胡媚兒被蒲松雅的描述所動搖，不過馬上就回神道：「現在不是討論和牛的時候，和牛等我們離開……」

打斷狐仙的話，蒲松雅續道：「不管是煎到半熟再撒上鹽巴、切成薄片在高湯中輕燙至粉紅、放在炭火上和著炭香烹飪，或是製作成刺身搭配芥末與醬油食用……無論是哪種吃法，和牛都能帶給人最極致的享受。」

胡媚兒吞吞口水，漸漸忘記自己該說什麼、做什麼。

「想想看，外焦香內柔嫩的肉在唇齒間化開，濃郁的肉汁與芬芳的油脂包裹味蕾，即使已經將肉片吞下，餘味仍在口腔中繚繞。」

蒲松雅刻意停滯幾秒，才露出營業用微笑輕聲問：「怎麼樣？今天的早餐就吃和牛全餐吧，妳說好不好？」

「當、當然好！」胡媚兒連續點頭，雙手交握閃著大眼道：「我們去吃和牛吧，現在就去吃和牛！」

「……我是開玩笑的。」

「欸？」

「妳也想想這裡是什麼地方啊！」蒲松雅彈了胡媚兒的額頭一下，放開胡媚兒走向拉門道：「我們是借住在只能容納最多二十人的小餐館，這種餐館哪有可能拿和牛全餐當早餐？早餐給妳一片一夜干就算不錯了。」

語畢，蒲松雅不等胡媚兒就拉開拉門，直接朝樓梯口走去。

胡媚兒趕緊轉身跟上，兩人一同下到一樓走廊。路上人類不發一語快步前進，狐仙則是失落的邊走邊吞口水。

不過胡媚兒的頹喪很快就隨風消散，她在踏上木走廊時猛然抬頭，動著鼻子往右尋，推開蒲松雅三步併作兩步奔跑，粗暴的打開拉門衝入「清割」的店面。

店裡坐著兩名身穿白衣的男廚師與一名女侍者，三人或站或坐在最靠近廚房送餐口的榻榻米席上，圍繞著放滿牛肉的方桌。

香煎和牛排、炭燒和牛舌、和牛刺身拼盤、和牛涮涮鍋、和牛炸肉捲……煎、烤、生食、水煮、油炸的和牛料理一字排開，從廚師與女侍者所待著榻榻米席，擺到隔壁坐席的桌子上，甘美肉香瀰漫整間小店。

胡媚兒流出感動的淚水，回過身抓住蒲松雅的手臂，指著桌子上的和牛大餐道：「松雅先生你看你看你看！早餐是牛肉，早餐統統是牛肉喔！」

「的確都是牛肉。」蒲松雅回應，但是臉上不見笑容，話聲中也沒有溫度。

「萬歲！上天果然還是眷顧我的，和牛我來了！」

胡媚兒喜孜孜的撲向和牛料理，她從女侍者手中接過裝著白飯的碗公，在碗中迅速堆出一座肉山。

蒲松雅坐在胡媚兒身邊，夾起和牛排仔細觀察後，才放入口中慢慢咀嚼，進食的動作看起來不像享受美味，而是測試藥劑或做科學研究。

葛夜在胡媚兒掃掉半張桌子的食物時歸來，她與一名男員工一起扛著蔬果、魚肉和酒，從「清割」的正門進入店內。

葛夜以手帕擦去額頭上的汗水，正想告訴其他人自己在市場搶到什麼好貨時，鼻子聞到濃濃的肉香，眼睛也瞧見滿滿的和牛料理，整個人瞬間僵住。

女侍者發現葛夜杵在門口，起身朝對方招手道：「葛夜姐你們回來啦，今天咱們的大廚可是使出看家本領了，快點坐下來一起吃。」

葛夜沒有動作，遠遠看著和牛排、和牛串、和牛火鍋、和牛……一臉錯愕的問：「為什麼早飯是吃牛？我出門前明明看到廚房在刨柴魚煮味噌湯，而且櫻子妳還在準備梅干飯糰的材料。」

女侍者——櫻子微笑道：「那有什麼關係，就當作換換口味也不錯啊，味噌湯和飯糰明天再吃，今天就好好享受和牛的滋味。」

「和、和牛！店裡什麼時候進了和……」

「好餓！櫻子姐，給我滿滿一碗飯！」

葛夜身後的男員工奔向榻榻米席，從女侍者手中接過熱騰騰的白飯，坐上榻榻米大口大口吃起來。

這個舉動將眾人的注意力從葛夜轉回飯菜上，談笑聲與碗筷相碰的聲響再次占據店面，將傻住的老闆排擠在外。

葛夜在門口站了兩分鐘才僵硬的入座，無論是她的員工還是胡媚兒，都沒發現到女老闆的表情相當難看。

有察覺到葛夜壞臉色的人只有蒲松雅，他隔著飯碗不動聲色的觀察每個人的反應，將所有人的臉掃過一圈後，停在吃得痛苦不堪的女老闆身上。

第二章

找錯方向了？

拜過度豐盛的早餐之賜，蒲松雅與胡媚兒在一樓待了將近兩小時，才挺著沉重的肚子返回二樓房間。

不過嚴格說起來，是蒲松雅強拉胡媚兒回二樓。

狐仙在經過和牛大餐的招待後，深感自己必須有所回報，因此向葛夜提議讓她協助廚房準備與開店後的外場工作，可惜她還沒聽見對方的答覆，就被蒲松雅勾住手臂拉出店面。

「松、松雅先生放開我！」胡媚兒伸長右手掙扎道：「受人點滴，應當湧泉以報。我享受了如此美味的和牛全餐，必須做出相對的回報啊！」

蒲松雅無視胡媚兒的喊聲，繼續朝兩人休息的房間前進道：「這裡不是現實世界，等我們把法術拆了之後，什麼也不會留下來──妳先前不是這樣告訴我的嗎？既然如此，點滴與湧泉也統統不存在，妳沒有受恩，也不用報恩。」

「是這麼說沒錯，但是我……」

「妳要是那麼想回報葛夜，給她相應的報酬不就好了？」蒲松雅放開胡媚兒的手，從口袋中摸出金條遞向胡媚兒道：「我手上沒有日幣，不過黃金不管在哪個國家都能兌換成錢，妳就拿這個付吧。」

胡媚兒接下金條，看看手中的黃金再看看蒲松雅，問：「松雅先生你隨身攜帶金條？」

「哪有可能？我只是『想要』金條，所以就得到金條。」

「……聽不懂。」

「我想也是。進房間來，這事不方便在外面說。」蒲松雅打開柳樹紙門進入房間。

胡媚兒跟在人類背後，一關上紙拉門就迫不及待的問：「到底是怎麼回事？」

「這個世界就像阿拉丁神燈一樣，可以實現人的願望。」

蒲松雅從地上抓起一個坐墊，坐上墊子仰頭看胡媚兒道：「妳還記得我們剛掉到畫中沒多久，就遇到暴雨吧？妳知道為什麼會下雨嗎？」

胡媚兒認真思考片刻，雙手一拍自信滿滿的道：「因為空氣中的水蒸氣在高空遇冷凝結，集合成小水珠後下降落至地面，對吧！」

「難得妳說出如此科學又聰明的答案，但遺憾的是，那場雨和凝結現象、地心引力毫無關係。」蒲松雅指著自己的臉道：「當時之所以會下雨，是因為我心裡想著『用什麼方法都好，拜託讓前面那隻喝了興奮劑的狐狸別繼續往前衝』，才會突然降下大雨攔住妳。」

胡媚兒皺起雙眉，盯著蒲松雅認真的道：「松雅先生，雖然我總是要你相信自己的判斷，而我自己也非常信賴你的推理，但是你這次說的……我就直說了，你想太多了吧？」

「如果只有下雨這檔事，我也覺得自己想太多，但是之後出現了其他類似事件，我才回頭意識到當時下大雨的原因。」

蒲松雅指著自己的正下方道：「那就是一樓的廁所。根據妳的記憶，這裡和一九三四到一九三五年代的京都相似，可是沖水馬桶是十五近十六世紀於英國發明，一九三〇年代後才傳進東方。免治馬桶出現得更晚，要到一九六〇年代左右才引進日本。妳知道這代表什麼意思嗎？」

「松雅先生的歷史……」

「夠了，開口問妳的我是白痴。」

蒲松雅揮手打斷胡媚兒，直接說出答案：「這代表這裡勉強可能有沖水馬桶，可是絕對不可能出現免治馬桶，廁所裡出現免治馬桶是異常的，而導致這種異常的情況發生，是因為妳和我的願望。」

「我不覺得這裡有免治馬桶是異常的。」

「因為妳的常識是異常的。除了馬桶之外，我還做了其他實驗，實驗結果就在妳的圓肚

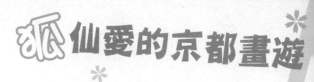

子裡，那些翻滾的食物也是異常之物。」

「我的肚子一點也不圓！」胡媚兒壓住自己的腹部，停頓幾秒才驚愕的道：「等、等一下，松雅先生你的意思是，剛剛的和牛大餐是你的實驗？你並沒有想吃和牛，只是在誘導我去許願得到和牛大餐？」

「是啊。不過，妳不是在探查法術的結構與規則嗎？沒發現我說的許願機制？」

「我把探查重點放在如何拆解法術，以及法術自身的防禦機制上，對於其他不具備威脅性的咒文就……」胡媚兒拍拍自己的頭，吐出舌頭笑道：「全都跳過了！所以我半點也沒發現松雅先生說的事。」

蒲松雅的嘴角抽搐兩下，拿起手邊的坐墊扔向胡媚兒的臉。

「噗嚕！」

「別裝可愛了！說點對現況有幫助，而且不會讓我想掐妳臉頰的事！」蒲松雅怒吼，雙手抱胸等著狐仙開口。

胡媚兒接住從臉上滑落的坐墊，抱著墊子嘟著嘴道：「壁畫裡的法術是由數十個原創與改良的咒文編織而成，咒文編織的手法相當精巧，不只緊密，還刻意留下欺騙術者的陷阱，胡亂拆解的話不只拆不了法術，還會驚動護法。」

「護法？妳是說寺廟裡的羅漢金剛、四大天王那種嗎？這裡有那種東西？」

「這裡的不是那種護法，而是法術本身為了排除闖入者，刻意編寫的攻擊性咒文，類似電腦的防火牆和防毒軟體的東西。」

「類似防火牆和防毒軟體……所以護法本身和程式一樣，沒有個人意志？」蒲松雅追問。

「不一定，中低階的護法只會服從命令，高級護法能進行思考與選擇，但無論是高階還是低階，都會將『保護法術本體』視為最優先的工作。」胡媚兒的臉色變得凝重：「這裡的護法是人形護法，人形護法屬於高階護法，它們能使用多種法術，還能及時改變行動策略來應付入侵者，是最棘手的類型。」

「妳打得過這裡的護法嗎？」

「假如能放手一搏，我有自信能同時應付二十五到三十名護法，但那樣很有可能失手打破法術的平衡，造成無法挽回的傷亡。」

胡媚兒垂下肩膀，不過她馬上就振作起來，舉起右手搖晃食指道：「不過松雅先生你不用擔心，我已經找出正確的拆解法，能不吵醒護法就拆掉法術。」

蒲松雅默不作聲，只是微微挑起右眉注視胡媚兒。

胡媚兒感受到質疑，拋開坐墊拿出巨大白紙，將寫滿符咒的那面轉向蒲松雅，指著位於正中央的圖文道：「你看這裡，這裡是法術中所有咒文的匯集點，是術中最重要的術眼所在，但這個術眼其實是假的，真正的術眼是在右下角的懾魂咒上，但其實這個懾魂咒也不是懾魂咒。」

「胡……」

「這是偽裝成八方定法咒的懾魂咒，證據是咒文的第二句的第三個字，以及第四句的第七與第八個字，還有最後一句的第五與第六個字，這六個字刻意採取與懾魂咒同音但不同偏旁的字，巧妙的改變咒文的效力。」

「胡媚……」

「這是被稱為『騙咒』的艱深技巧，不過這裡的騙咒比常見的騙咒還高竿，不只藏住八方定法咒，還保留懾魂咒原本的效力，效果上當然比原本弱化一些，但是仍舊……」

「胡媚兒，停下來！」

蒲松雅吼斷胡媚兒的講解，扶著額頭不耐煩的道：「我沒學過任何法術，連寺廟都很少去，妳說的東西對我來說和外星語差不多，我完全聽不懂，請妳直接說結論好嗎？」

「松雅先生怎麼會聽不懂？你都知道馬桶的歷史、如何透過影子判斷時間、觀察遭受家暴之人的特徵和把剩飯剩菜變成廣東粥，一定也能懂……」

「給、我、說、結、論！」蒲松雅厲聲命令，眼裡從散發質疑轉為散發殺氣。

胡媚兒縮一下脖子，放下白紙低聲道：「結論就是……法術的術眼藏在第一個進入壁畫的人身上，只要找到那個人，切斷對方和法術的聯繫，法術就會自動崩解。」

「切斷人與法術的聯繫要多久的時間？」

「兩、三秒就行，而且假如我事先畫好符咒，一般人也能輕鬆執行。」

胡媚兒拿出寫著朱色咒語的黃符，搖晃兩下再放下手道：「可問題是，我不知道第一個掉進畫中的人是誰，松雅先生有頭緒嗎？」

「是孟龍潭。」

「喔是龍潭先生啊，這畢竟是他的畫……欸！」胡媚兒頓住一秒，猛然揪住蒲松雅的衣領大喊：「什麼第一個掉進來的是龍潭先生松雅先生你說真的嗎是真的嗎！」

蒲松雅嚇一大跳道：「我只是看到孟龍潭的人形排在行人列的排頭，所以推測他應該是第一個入畫的人，妳有必要這麼激動嗎？」

「這不能不激動啊！如果龍潭先生是第一個進入的人，那他不就快死了嗎！」

「什麼意思？」

「就是、就是……」

胡媚兒抓起巨大白紙，被蒲松雅瞪一眼後趕緊拋開紙張，改用白話說明：「這個法術中最危險的並不是護法，而是法術內藏有蠶食畫中人精氣的術法，修行人或仙妖倒無所謂，但是普通人待久了……」

「遲早會變成乾屍。」蒲松雅說出結論，以指輕敲榻榻米回想道：「據藝廊主人所言，孟龍潭在她來拜託妳前十分鐘就失蹤，而妳我在那之後用三分鐘左右搜索會場，花一、兩分鐘察覺朱孝廉失聯，再費約三分鐘發現壁畫有問題，以上加起來一共十八至十九分鐘，換算成這裡的時間……他已經在畫中待上一百多天了。」

「龍潭先生是個百歲的老人，雖然身體很硬朗，周圍的人都說他還能再活十年、二十年，但是他畢竟……」胡媚兒雙手縮緊壓在大腿上，纖細的手臂微微顫抖，因為擔心朋友的安危而說不出話來。

蒲松雅嘆一口氣道：「我想妳的朋友應該還活著，畢竟如妳所言，術眼是綁在第一個進入者身上，那麼進入者死了，肯定會影響法術的運作吧？但現階段這法術堅固得叫人火大，證明孟龍潭人沒事。」

「通常是這樣，但如果術眼是固定在龍潭先生的魂魄上，那麼就算人死了，只要魂魄沒消失或被陰差勾走，法術就不會崩解。」

「那麼我們至少能確定，孟龍潭還沒魂飛魄散。」

蒲松雅摸摸胡媚兒的頭，雙手扠腰盯著狐仙道：「振作點，妳的最大優點不就是樂天嗎？別隨隨便便變成悲劇女主角。」

胡媚兒拭去眼淚，抬起頭振作精神道：「對不起，我失態了，明明我是鼓勵朋友打起精神的人，松雅先生才是需要人打氣的角色，但我卻傻呼呼的消沉起來。」

「妳這是在道歉還是在損我？」蒲松雅沉著臉發問，不過馬上就舉起手制止胡媚兒回答道：「夠了，我不想知道答案。妳有辦法找出孟龍潭的位置嗎？」

「我認得龍潭先生的氣，但是此刻他的氣和法術的氣融合在一起，我沒辦法用感應的方式找到他在哪。」

「只能採取地毯式搜索了嗎？」蒲松雅低語，眼角餘光掃過胡媚兒腿邊的金條，靈光一閃道：「不，我們可以利用那個，靠那個的話應該很快就能找到人。」

「那個？哪個？」

「法術的許願機制。」

蒲松雅指著黃澄澄的金條道：「這個世界會迎合進入者的心願，順應對方的渴望改變自己，而孟龍潭既然進入上百天，累積的改變一定非常明顯。」

胡媚兒亮起雙眼興奮的接話：「然後如果我們追蹤改變，就能找到龍潭先生在哪裡，是這樣吧？」

「不是。」

「欸！」

「掉進來的人不只孟龍潭一個人。」

蒲松雅輕彈胡媚兒的額頭，比出手指算道：「孟龍潭、孝廉，還有整個『飾壁』展間的來賓與工作人員都在畫中，人數少則十人、多則二十，這十到二十人的願望都會令畫中世界產生變化，光是以『改變』為標的尋人，找對人的機率只有十分之一到二十分之一。」

胡媚兒剛揚起的鬥志消失大半，垮下肩膀失落道：「這個也不行，那個又沒辦法，到底要怎麼找龍潭先生啦……」

蒲松雅淡淡的說：「我什麼時候說不行了？我只是說光追著改變跑不行，得追『對的』改變才能找到人。」

見胡媚兒一臉茫然，他開口解釋：「以妳、我和孝廉舉例，妳會造成的改變，是在京都中心創造一間超大型吃到飽餐廳，且此餐廳還要有酒類無限暢飲；而我會在周遭形成一個只有貓、狗、兔子、小鳥，但就是沒有人類的場域；而孝廉毫無疑問會直接住進色情片的攝影棚，或是蓋起一間大宅，收集所有他意淫過的對象。」

「不同的人有不同的心願，不同的心願會造成不同的改變。所以，如果要靠改變來追人，要先知道這人的心願——像妳是愛吃、我喜歡動物、孝廉想要索多瑪之城，這樣懂嗎？」

胡媚兒點點頭，但馬上又搖頭問：「索多瑪之城是什麼？」

「那個不重要。」蒲松雅厲聲止住胡媚兒的話，轉回正題上：「總之，我們得先確定孟龍潭最渴望的事物，再透過此事找到他。妳是他的老朋友，應該曉得他為什麼痴迷吧？」

「龍潭先生痴迷的事物……」

胡媚兒抬起頭望著橫梁，沉默了好一會才開口道：「畫畫、聽三味琴和演歌、喝茶、帶小孩、太極拳、氣功、書法、寫俳句、懷石料理、種花、游泳、爬山……」

「等、等一下胡媚兒！」蒲松雅扭曲著臉打斷狐仙道：「我是問能讓他痴迷、著迷、特別喜愛的事物，妳別把他的日常活動也納進來。」

胡媚兒嘟嘴道：「我說的是龍潭先生喜愛的事物沒錯啊！他活那麼久，又會那麼多東西，所以興趣很廣泛。」

「這也太廣泛了吧？縮小範圍，把項目減少到兩到三個。」

「只能兩、三個？太嚴苛了啦！至少給我五個或六個。」

「妳當我這裡是菜市場嗎？不准殺價，歸納出一、兩個他最執著的事物或興趣！」蒲松雅指著胡媚兒的鼻子下令。

「是、是！」

胡媚兒本能的做出軍人的敬禮手勢，雙手抱胸認真思索片刻，低下頭挫敗的道：「對不起！我歸納不出來，龍潭先生是很隨和、清心寡欲的人，我不記得他有特別專注哪一項興趣或物品……真的不能鎖定他全部的興趣嗎？」

「鎖定全部的興趣要怎麼找？再說妳列的那些興趣，將近一半都是和這個世界的背景文化相同，不需要改變就能滿足的吧？」

「唔！」

「沒辦法縮小的話，就只能改變方向了。」

蒲松雅將目光放到四方，環顧小而精緻的和式房間道：「法術的本體——壁畫——的作者是孟龍潭吧？關於這幅畫，他有對妳說過什麼特別的話嗎？」

「他邀請我參加壁畫與藝廊的開幕式。」胡媚兒拿著邀請函回答。

「除此之外呢？」

「除此之外就沒有了，我和龍潭先生已經有快十年沒聯絡了。」

「……又斷線了嗎？」

蒲松雅喃喃自語，感覺自己再次走入死巷子中，煩躁的轉頭盯著斜前方的柳樹紙門，愣住一秒抓住胡媚兒的手問：「留日！妳知道孟龍潭留日時的事嗎？」

「留日？你是指留學日本嗎？問這個做……」

「這是很重要的問題！」蒲松雅揮手指向包圍兩人的和式房間道：「壁畫與畫中的世界都是以一九三〇年左右的日本為背景，而這和孟龍潭留日的時間相符，我不認為這是巧合，其中一定有什麼特殊原因。」

「留日的事……」

胡媚兒的手指縮起、鬆開、再縮起，反覆數次後對蒲松雅磕頭道：「對不起松雅先生！龍潭先生是對我說過他留學時的事，其中好像還有什麼遇還是初什麼的，但是當時我們邊喝酒邊看紅白歌唱大賽，談話內容我統統忘光了。」

「統統都忘了？」蒲松雅瞪大雙眼，臉上洋溢著錯愕與微微的火氣。

胡媚兒被細微的火氣戳中，抓著頭髮僵硬的道：「呃，其實也沒到統統啦，我還有些印象，像、像是……我記得他的日本名，龍潭先生的日本名是央中……不，應該是田中……唔也不是，我記得是秧田，秧田澤郎！」

「匡啷——」

清脆的碰撞聲驚動蒲松雅與胡媚兒，兩人僵住一秒後同時跳起來奔向紙拉門，疊著手一把將門拉開。

葛夜跪在門外的走廊上，她轉頭緊張的注視兩人，手邊有兩個翻倒的杯子、倒栽蔥的鐵茶壺與圓托盤。鐵壺中的茶水漫了一地，填滿拉門溝槽蔓延半條走廊，還沾溼了葛夜的青色和服。

胡媚兒倒抽一口氣，轉身回房找出拿來給蒲松雅洗臉的毛巾，蹲下來清理溢流的茶水。葛夜也回過神，動手翻正茶壺與杯子道：「對不起，我本來想端茶給你們，結果走路時不小心絆了一下，把茶都灑了。」

「沒關係、沒關係，我們的口不乾。」胡媚兒揮著手安慰葛夜，和女老闆一同清理茶水、翻正杯子與茶壺。

目送對方消失在樓梯口，胡媚兒轉身正要回房間時，一頭撞上蒲松雅的胸口。

「噗啊！」胡媚兒怪叫一聲後退，壓著額頭看向蒲松雅道：「松雅先生你在做什麼？不要擋在門口啦。」

「……」

「松雅先生？」胡媚兒伸手在蒲松雅面前揮了揮，這才將人類的目光從樓梯拉回來。

蒲松雅後退返回房間，看著胡媚兒關上紙門坐下，動了嘴脣低聲道：「胡媚兒，其實除了許願機制外，我還觀察到另一個機制，只是因為目前證據不足，所以剛剛沒說出來。」

「什麼機制？」

「在這個世界中，只有掉入畫中的人會察覺到世界的變化，其他人則會理所當然的接受一切。」

胡媚兒點點頭問：「所以呢？」

「所以就是說……」蒲松雅的聲音轉弱，注視胡媚兒片刻後轉開頭道：「算了，既然妳沒發現，那我也沒必要說。」

胡媚兒歪著頭看蒲松雅，想要問對方自己沒發現什麼，但最終還是什麼都沒問。

▼※▲▼※▲▼※▲▼※▲

儘管蒲松雅認為胡媚兒提供的「孟龍潭痴迷清單」品項過多，嚴重不符合痴迷的定義，但隔天一早，兩人還是抓著狐仙用眉筆寫的清單，出門尋找孟龍潭可能落腳的地點。

他們之所以沒當天就出門找人，不是因為怠惰或被意外絆住，而是蒲松雅將時間花在逼問胡媚兒關於孟龍潭留日時的事，結果他從日正當中問到月正當中，耗費一整天的時間，卻只得知當天狐仙與老人喝了什麼酒、吃了什麼菜，以及那年紅白歌唱大戰的結果。

蒲松雅見胡媚兒短時間——或者一輩子——無法想起與孟龍潭的談話，眼下也沒多少時間可浪費，只好拎著實用性頗低的清單，到街上進行地毯式搜索。

兩人在路上詢問行人與店家，哪裡可以找到畫室或販賣畫材的商店，以及茶館與銷售茶葉的商店，甚至是三弦琴的表演與販售店面，或是附近好爬的山與能游泳的地方……種種會出現清單上事物的場所。

如果是在現實世界，兩個身穿七、八十年後服裝，手裡還拿著一疊紙與筆的男女，肯定會被路人當成奇怪的問卷募集者無視。不過這裡是心想事成的壁畫世界，所以儘管蒲松雅本人都覺得自己超可疑，他們還是順利問到資訊。

問到商店與地點資訊後，兩人的工作才正式開始。

他們在街道、河堤、附近的山與廟宇……各種孟龍潭可能出沒的地點尋找老人，從陽光稀薄的清晨一路找到夕陽西下的黃昏，如疾風般掃過二十間店或景點，看過上百張臉，卻沒得到孟龍潭的蹤跡，只獲得一雙快斷掉的腿。

沒錯，只有「一」雙快斷掉的腿，修行百年的狐仙與平常只拿散步當運動的人類，無論肌耐力、體力或持久力，都不是同一個級別。

「該死，又抽筋了……」

蒲松雅趴在木方桌上，他與胡媚兒坐在一間咖啡廳靠窗的位置，人剛坐下來小腿就第三度抽筋，痛得他整張臉扭曲。

胡媚兒從桌子另一端探頭問：「松雅先生你還好吧？需不需要我幫你揉一揉？」

「……」

「松雅先……」

「現在別向我搭話！」

咖啡廳的侍者在蒲松雅痛到快無法說話時前來，他隨便要了一杯招牌咖啡和本日甜點後，就將侍者扔給狐仙，繼續貼在桌面上吸氣吐氣。

蒲松雅的抽筋持續了近四分鐘，當他好不容易解除痛苦、直起腰桿喘口氣時，侍者也推著餐車到桌邊，將兩人所點的食物送上桌。

蒲松雅在看見餐車上的餐點的瞬間，腦袋狠狠的抽筋了。

「胡媚兒……」蒲松雅深吸一口氣，指著擋在自己與胡媚兒之間，體積龐大還咕嚕咕嚕沸騰著的白陶鍋問：「這是什麼？」

「相撲火鍋。」

「為什麼妳會在咖啡廳點相撲火鍋？」

「因為我想吃相撲火鍋。」

胡媚兒拿起筷子，起身盯著陶鍋內白濁的高湯、交疊的白菜、切上十字文的香菇、散發油光的肉片和整齊排列的花枝丸等種種火鍋料，喜孜孜的望向蒲松雅問：「松雅先生，你覺得我該從哪個開始吃？」

「妳、妳這個……」

蒲松雅站起身抓住胡媚兒的肩膀把人拉近，壓低聲音憤怒的罵道：「妳這個笨蛋！給我低調一點，這裡不是有什麼護法在監視嗎？能不許願望就盡量別許，要不然會被盯上的。」

胡媚兒愣了一秒，哈哈大笑道：「松雅先生是在擔心這種事嗎？不用擔心，不管我們許多異常的願望，護法都不會盯上我們，因為這個法術希望畫中人許願。」

「……什麼意思？」

「我先前不是說，這個法術會慢慢吸取畫中人的精氣嗎？精準一點來說，法術是靠達成畫中人的願望，來交換畫中人的精氣，因此瘋狂許願才符合法術的期望，什麼願望都不許才會被盯上喔。」

「那不是更要收斂嗎？妳可是我們這邊的主戰力，開打前就先被敵方榨乾了，那我、孝廉、孟龍潭和其他人要怎麼辦？」

「這個不用憂心！」

胡媚兒雙手扠腰自豪的道：「我在我們身上下了護氣咒，別人許願會被吸走精氣，但我們不會。」

「妳的意思是，我們現在是吃霸王餐嗎？」蒲松雅問，接著馬上注意到新危險：「等等，妳在我們身上施放法術，不會驚動護法嗎？」

「我做得很巧妙，對方不會察覺到我動的手腳，也不會發現我們在吃霸王餐。」

胡媚兒將右手貼在臉頰旁，比出勝利手勢道：「我可是術法界公認的『甜心小駭客』，在修改與偷渡法術上，我有絕對的自信。」

「不會被發現就好……」蒲松雅低聲道。

他看著胡媚兒掃蕩四人份的相撲火鍋，回想起兩人白天徒勞無功的搜索行動，先對回憶感到疲倦，再猛然瞪大雙眼直起上身。

「松雅先生，你要吃金針菇或香菇嗎？」胡媚兒一面撥弄菇類，一面問。

「弄錯了。」

「弄錯？這的確是金針菇和香菇啊，細細的是金針菇，圓圓的是香……」

「我弄錯尋人方式了！」蒲松雅拍桌大喊，低下頭瞪著桌子道：「原想利用願望機制，卻反過來被耍得團團轉……我居然犯下這種低級錯誤，真是太丟臉、太愚蠢了！」

「什麼愚蠢錯誤？」

「我們為了找孟龍潭，向路人與商家詢問他可能去的地點，但這個舉動是錯的。」

蒲松雅舉起手拍自己的胸口道：「因為這等於我們向法術發出『我想要有以下特徵的場所』的願望，於是法術迎合我們的期待生出相符的商店與景點，而不是帶我們去孟龍潭許願創造的場所。」

「欸！那我們今天一天不就……」

「都在做白工！」

蒲松雅握拳搥桌子，對自己的失誤咬牙切齒道：「我這個大白痴，知道規則卻沒看透規則，白白浪費一天的時間和體力！」

胡媚兒放下碗筷，前傾身子安慰道：「松雅先生你別自責，這個辦法不行就換下個辦法啊，我們還有找到龍潭先生的方法吧？」

「有是有，那就是放空腦袋上街亂逛，發現什麼奇怪的東西就過去晃晃，看能不能好運撞見孟龍潭。」

蒲松雅趴上桌面，渾身無力的低語道：「好運……我這輩子最缺的就是好運，我之所以會坐在這裡也是因為沒運氣。」

「沒關係，我的運氣很好。」

「我知道，根本是天殺的好。」蒲松雅閉上雙眼回答，想起那盤令自己吐血的棋局，身心靈的疲倦感瞬間倍增。

胡媚兒憂心忡忡的望著蒲松雅，拿起空碗裝盛熱湯與肉片，放到對方面前道：「松雅先生喝點熱湯，把肚子裝滿，人才會有精神。」

「把肚子裝滿，只會讓血液遠離腦袋直衝胃袋。」蒲松雅低聲回話，不過仍從桌子上爬起來，端起微燙的碗一小口一小口啜飲。

兩人隔著火鍋吞肉喝湯，期間胡媚兒忙著消滅火鍋料，一反過去多話的性格，沒向蒲松雅搭話。

也許能吃一頓安靜的飯呢——蒲松雅在心中低語，嘴角因為難得的清閒揚起，雙眼偶然與狐仙四目相交。

而這個偶然，讓蒲松雅安靜吃飯的美夢破碎了。

胡媚兒停止撈肉的動作，嚥下肥美的五花肉片道：「對了，松雅先生，你在剛進入畫中時，許了下雨之外的願望吧？」

「我沒有。為什麼這麼問？」

「因為你昏倒了啊，而且症狀和末期許願者一樣，都是陽氣見底。」胡媚兒用插著花枝丸的筷子指向蒲松雅問：「坦白從寬，抗拒從嚴，你到底許了什麼誇張的願望？」

「我什麼願望都沒許！」

「那你為什麼會變得那麼虛弱？這絕對是許願的關係。」

「我沒有許願！我就算有許，也是在我們被吸進畫前，但那也不過是盯著壁畫想像自己能偷開一扇門闖進去，誰知道會真的跑出一扇……」

蒲松雅越說越小聲，他不小心講出那段荒唐的幻想，整個人僵在椅子上。他設想胡媚兒會露出看到瘋子的表情，然而當他將視線轉向對面時，狐仙的臉上沒有嘲笑也沒有錯愕，只有濃得化不開的震驚。

「……胡媚兒？」蒲松雅輕喚，他從沒看過胡媚兒的臉色如此鐵青。

胡媚兒閉上眼深深吸一口氣，繞過桌子走到蒲松雅面前，搭上對方的肩膀道：「松雅先生，你必須答應我，同樣的事情你絕對不會做第二次。」

「什麼事？」

「在沒有門的地方，自己挖出一扇門這種事啊！」

胡媚兒的手指緩緩掐緊，以罕見的嚴厲口氣道：「聽好了，沒有門的地方是不會自己生出門的，上鎖的東西一定是找到鑰匙才能打開，不可能光用想的就會跑出門或鑰匙，這是不可動搖的道理，你千萬要記住！」

「妳說的我當然知……」

「答應我你會記住！」胡媚兒厲聲要求，眼中有著蒲松雅從未見過的固執。

蒲松雅在狐仙的逼視下緩緩點頭，微微抖著聲音道：「胡媚兒……妳快把我的肩胛骨掐斷了……」

「呃，對不起！我沒注意到！」

胡媚兒鬆開手指，先前的迫人氣勢也一併消散，恢復蒲松雅熟知的傻呼呼女孩。

蒲松雅揉著發疼的肩膀，想問胡媚兒剛剛是在嚴肅什麼，但最後還是一個字都沒問的坐回椅子上。

他直覺認為胡媚兒不會解釋，或者就算解釋也是避重就輕、胡亂扯謊，因此與其發問不如保持沉默，自己暗中找出答案。

以胡媚兒冒失的性格，只要耐心等待，一定會露出馬腳來——蒲松雅如此安撫自己，拿起筷子正想從鍋中夾點菜來吃時，發現火鍋的內容物與自己上次夾菜時有很大的變化。

「胡媚兒，鍋裡的湯怎麼變這麼少？」

「因為我喝掉了啊，我看松雅先生都只夾料不喝湯，所以就負責喝湯了。」

胡媚兒端起碗，一口氣灌掉半碗湯道：「殘留食物是不道德的，美食尤其如此。」

蒲松雅的嘴角抽動兩下道：「我不是不喝湯，是要把湯留下來煮粥。」

「粥？這是相撲火鍋又不是相撲粥，為什麼要留湯煮粥？」

「相撲火鍋的特色之一，就是會用剩餘的湯加上米飯煮成粥啊，妳點了相撲火鍋卻不知道這點嗎？」

「我現在才知道。不過沒關係，我的杯子裡還有水，只要把水倒進去……」

「把杯子放下，那是茶不是水！」蒲松雅大吼，伸手搶下胡媚兒的杯子。

▼※▲▼※▲▼※▲▼※▲

煮粥的問題在咖啡廳侍者送上高湯，並且現場桌邊服務將火鍋煮成粥後解決。

胡媚兒開心的端著飽含火鍋精華的粥，一面吹涼、一面說蒲松雅太緊張，這種小事許個願望就能解決之類云云。

拜此之賜，蒲松雅更討厭壁畫世界了。這種許個願望就能修正任何錯誤的規則，根本是讓胡媚兒這種冒失鬼、無常識人合理化自身過錯，對正常人造成無止境挫折感的場所。

兩人各自抱著怨恨與滿足離開咖啡廳，他們在街上隨意走動，希望能意外遇見孟龍潭或孟龍潭留下的痕跡，可惜截至月亮升起、蒲松雅第五次腿抽筋為止，都沒找到百歲人瑞的蹤影。

蒲松雅與胡媚兒只能返回「清割」，而當他們踏入店內時，正是店裡生意最好的時刻。榻榻米座上盡是飲酒談笑的客人，葛夜與其他女侍者在桌子與廚房間穿梭，沒人有餘力和蒲松雅與胡媚兒打招呼。

蒲松雅穿過吵鬧的客人往店內走，本想快點上二樓休息，行至中途突然靈光一閃，停下腳步左右轉頭環顧座席。

他看到一組客人起身離席，立刻跑到榻榻米旁，搶下位於角落的座位。

胡媚兒跟著蒲松雅入座，盯著對方好奇的問：「松雅先生，你剛剛沒吃飽嗎？」

「我飽到快滿出來了。」蒲松雅回答，視線越過區隔客人的屏風，掃視店內交談喧鬧的男女道：「我是想探情報。用腳走太累也太沒效率了，不如坐下來聽其他人告訴我們，他們在這個世界遇上什麼怪事。」

「他們會講嗎？」

「我們許願，他們就會講。」

蒲松雅扣住胡媚兒的頭，目光銳利的盯著狐仙下令：「把我的話重複十遍——我想知道附近由我與蒲松雅以外的人引發的怪事。」

「句子好長，可不可以縮短一些？」

「重複二十次。」

胡媚兒露出被人踩到尾巴的表情，伸出手指低聲快速重複，不過前十回還唸得字字分明，後十回就完全是連環車禍般前字撞後字的狀態。

好在蒲松雅也沒留意胡媚兒有沒有說清楚，他的注意力放在店內客人的交談上，努力捕捉這些紛雜言語中的資訊。

「我家那口子又吵著要買髮簪了，家裡明明還有十幾支……」

「……聽起來不妙啊，五郎有反應嗎？」

「那麼明天就拜託你了，謝禮我日後會……」

家事、八卦閒聊、公務……等等日常對話在店內流竄，不過隨著狐仙複誦次數增加，談話內容也越來越奇妙。

「新開的百貨公司裡，居然有一顆比大象還大的鑽石，你看過了嗎？」

「前天掉下來的隕石上聽說有彌賽亞，我和我太太已經決定要在弁財天的引領下，一起去西方極樂世界。」

「畢卡索明天要在清水寺辦握手會，聽說一個月前就有人去排隊搶號碼牌！」

這幅壁畫裡都塞了什麼人啊！蒲松雅聽著左右客人的詭異發言，正猶豫要繼續聽下去還是回樓上時，桌上突然被人放上一盤烤香魚。

「歡迎歸來！」

葛夜站在榻榻米座旁，將托盤上的溫清酒與杯子放下道：「兩位回來也不說一聲，若不是櫻子在送餐時看到你們，我根本不知道你們回店裡了。」

「我看大家都在忙，所以就沒講，免得打擾你們的工作。」蒲松雅敷衍的笑了笑，貼近屏風想繼續偷聽旁人的對話。

可惜葛夜不打算輕易放過兩人，她留在座席邊問：「你們有找到想找的人嗎？就是那個秧田……孟先生？」

「是孟龍潭先生。」胡媚兒回答，垮下肩膀往著天花板道：「我們策略錯誤，所以沒找到龍潭先生。」

葛夜拿托盤的手微微縮了一下，張開口正想說話時，身後的客人突然站起來大喊：「你說什麼！朱御院的廉政殿下又貼出選妃告示了？真的嗎！」

蒲松雅被「朱御院的廉政殿下」勾住耳朵，他轉頭看向聲音源，瞧見一名身穿西式服裝的男子站在對面的座席上。

「當然是真的！」另一名男子從懷中掏出一張傳單，遞給驚訝的同伴道：「之前要身材豐滿的成熟女子，上回是招有鄰家氣息的女孩，這回要找冷豔型的美人，殿下真是好胃口啊！」

「而且也真不知滿足，一週前才招過一次妃，現在又要再招一次。」同桌的男子附和。

「殿下是想把男人的夢想全收進自己的房間吧！」第四名男子哈哈大笑道。

「別談那個好色的殿下了，今年的祇園祭聽說有特別表演，能看到藝妓……」

男人們的話題轉向慶典，迅速忘記熱愛蒐集美女的殿下，開始熱烈討論可能會有的表演項目。

蒲松雅將視線放回桌上，一抬頭就胡媚兒直直盯著自己，大眼中堆滿驚愕。

「松雅先生，他們說的該不會是……」

「毫無疑問就是孝廉，只有那傢伙會取這麼沒品的名字。」

「那我們要去救孝廉嗎？切斷壁畫與畫中人的聯繫能弱化法術，而且多一個人也多一個……」

「多一個麻煩。」蒲松雅單手撐著頭，一臉嫌惡的道：「那傢伙幫不上忙，只會亂許願望害到我們。不用管他，他是個二十歲出頭的年輕人，精氣和精蟲都多得很，放著不管死不了人。」

「但是……」

「沒有但是，就此結案。」

葛夜看看兩人，不解的問：「你們在說誰？」

「一個笨蛋。」

「一個朋友。」

蒲松雅與胡媚兒同時回答。

葛夜眨眨眼更加困惑，不過她不愧是獨自撐起一家餐館的幹練女子，思索一會便理出頭緒，問：「你們口中的笨蛋朋友，是指朱御院的廉政殿下嗎？」

胡媚兒點頭道：「應該是他。」

蒲松雅糾正道：「絕對是他。」

「如果是的話，你們最好去見他一面。」葛夜彎下腰靠近兩人，壓低聲音小心翼翼的道：「我聽熟客說，廉政殿下的身體不太好。」

「身體不行？孝廉怎麼了！」胡媚兒抓住葛夜的手問。

「詳情我也不清楚，像我們這種平民老百姓，和身為華族的廉政殿下幾乎處在兩個世界。」葛夜停頓片刻，以近乎氣音的音量道：「他好像縱慾過度，年紀輕輕就天天喝補藥，而且補的效果還很差，大家都覺得他什麼時候暴斃都不奇怪。」

胡媚兒的臉色發白，轉過頭盯著蒲松雅，她雖然沒說半個字，但是已經透過表情說得清清楚楚了。

蒲松雅拉下嘴角，注視狐仙片刻後，認命的離開座席。他走到先前談論朱孝廉的桌前，禮貌的開口問：「抱歉打擾了，我可以向幾位借閱廉政殿下的選妃傳單嗎？」

「當然可以，不用還我。」西裝男子將傳單交給蒲松雅。

蒲松雅帶著傳單返回座席，人剛坐下胡媚兒就湊過來問：「松雅先生打算趁選妃活動接近孝廉嗎？」

「這是最快、最便捷的方法。」蒲松雅回答，低下頭閱讀傳單。

選妃的日期訂在明日傍晚，報名者只有簡單的外貌限制，但會做三次淘汰，最後留下的人才能見到「朱御院廉政殿下」，再由殿下本人選擇當晚的侍寢者。

蒲松雅不擔心他們會被淘汰，畢竟這是個心想事成的世界，只要許願就會如願，但問題是最後一關是由朱孝廉本人挑選，這部分恐怕無法利用許願機制干涉。

必須在有限的時間內做好萬全的準備！

蒲松雅放下傳單，抬起頭看向葛夜問：「葛夜小姐，妳知道這附近哪裡能買或租借到禮服與首飾之類的嗎？」

「禮服和首飾？」葛夜瞄了傳單一眼，迅速理解蒲松雅的目的。她道：「那種東西不用出門找，我家裡就有很多，而且全是高級品——我的興趣是收集和服。」

第四章

絕代風華蒲雅子

打從蒲松雅認識胡媚兒的第一天起，他就常常問自己一個問題：為什麼他會落到這種窘境中？

當蒲松雅被迫成為狐仙暴食屬性的煙霧彈，遭到餐廳店員與客人的側目時，他會這麼問自己；在他拿著相機偷拍討人厭的神棍時，也會如此質問；而當蒲松雅和持槍鬼父肉搏，然後被子彈打中肩膀時，更會理所當然的發出質問。

如今，蒲松雅再度狠狠問自己——我他媽的為什麼會落到這種窘境中！

「葛夜姐！妳覺得這件怎麼樣？這件和那條腰帶挺搭的，而且上面的櫻花好可愛。」

「那是春季時穿的，現在是夏天，夏天應該要穿……小媚妳覺得這件山百合的如何？」

「好美！就選這件了，那麼腰帶和裡頭的單衣跟手提包要……」

蒲松雅坐在二樓房間內，整個房間除了他所待的角落外，其他地方幾乎全被衣服配件與首飾占滿了。

為了讓蒲松雅與胡媚兒盛裝參與傍晚的選妃活動，葛夜一大早就招呼自家員工，將收藏品與壓箱寶從櫥櫃中搬出來。

華美優雅的和服、色彩鮮豔的寬腰帶、玲瓏精緻的髮飾腰飾、五顏六色的束口手提包與木屐……數不清的衣裝與裝飾品或躺或疊在榻榻米上，蒲松雅只能縮著腳窩在角落。

如果單單只是被衣服山包圍，蒲松雅頂多煩躁，不會發出質問，但此時讓他困窘的是別的原因。

「松雅先生，你比較喜歡哪一件？」胡媚兒起身轉向後方，捧著水藍底紫花紋的和服，開心的問：「是這件藍底色配紫陽花，爽朗又不失嬌豔的和服？」

葛夜也舉起手中粉底百合花樣的和服，微笑著問：「還是這件粉紅底搭山百合，婉約優雅的和服？」

沒錯，房間內放滿能讓七歲到七十歲女性羨慕尖叫的美麗和服，但這些和服卻不是準備給任一年齡層的女性使用，而是要套到一名年滿二十五歲、身高超過一百八十公分、體重六十公斤左右的男性身上。

而蒲松雅非常不幸、萬般不幸、極度不幸的，就是那名男性。

……我他媽的為什麼會落到這種窘境中？

「松雅先生，你要哪一件？」

胡媚兒再次發問，看蒲松雅遲遲沒回答，她放下和服雙手扠腰嘟嘴道：「這個也不喜歡，那個也不喜歡，松雅先生你很難搞耶！」

蒲松雅的臉上浮現青筋，按捺不住情緒搥榻榻米道：「有問題的人是我嗎？明明是妳們吧！為什麼我必須穿上這堆妨礙行動的桶子裝，打扮成女人參加選妃活動？」

「因為選妃告示上明文寫著，這次的候選者必須超過一百七十公分，我和葛夜小姐的身高都只有一百六，符合條件的只有松雅先生啊。」胡媚兒舉起傳單。

「選妃告示上也有註明『候選者與隨行者皆須為女性』吧？妳不夠高不會許願讓自己長高？要不然木屐挑厚一點，頭髮盤高一些也行。」蒲松雅連拍自己的胸口，近乎歇斯底里的喊道：「我可是男的，硬邦邦的大男人啊！穿女人的衣服、畫女人的妝，能看嗎？」

「我覺得會很美喔。」

葛夜從旁插話，瞇起眼仔細打量蒲松雅道：「蒲先生雖然是男性，但是臉型是漂亮的瓜子臉，五官也比一般男人精緻些，膚質雖然有點差，眼睛也比我和小媚的來得小，但這些可以靠化妝補足。」

「我這邊有備用的假睫毛和角膜放大片。」胡媚兒舉起自己的化妝包。

蒲松雅垮下肩膀道：「等、等一下，有問題的不只有臉，還有肩膀和腰，男人和女人在這兩處的線條差很多啊！」

「那個更沒問題，蒲先生的腰在男人中算細，肩膀也沒有特別寬，我可以利用腰帶和披肩之類的物品掩飾，不用擔心，交給我吧！」葛夜自信的道。

「松雅先生的腰只有二十五吋。」胡媚兒點頭附和，眼睛直直盯著對方束緊的皮帶。

蒲松雅有種自己是待宰雞鴨的感覺，指著自己的頭死命掙扎：「那頭髮呢？我的頭髮那麼短，這裡也沒假髮可戴，這可沒辦法掩飾或修正吧？」

「這個……」葛夜臉上浮現苦惱之色。

蒲松雅暗自鬆一口氣道：「沒辦法吧？所以還是換……」

「頭髮的問題交給我！」

胡媚兒靈巧的閃過滿地衣物，越過半個房間來到蒲松雅面前，先將手放上對方的肩膀，再猛然抬高手大喊：「老天爺啊，請給松雅先生一頭又長又亮的秀髮吧！」

蒲松雅的視線迅速被黑色所遮蔽，頭也猛然轉為沉重，身體險些失去重心。

他伸手扶著牆壁，垂下的眼在腳邊瞧見黑色的髮絲，整個人瞬間僵硬。

在胡媚兒揚手呼喊的瞬間，蒲松雅的頭髮長度暴增超過十倍，從一頭俐落的短髮，變成從頭垂到地板上的黑絲瀑布。

「長髮版的松雅先生完成！」

胡媚兒開心的歡呼，從口袋中拿出化妝鏡照向蒲松雅問：「怎麼樣？看起來不錯吧！其他部分也可以用同樣的方式處理，我們要先從肩膀還是先從胸部開始修？」

蒲松雅瞪著鏡子中的長髮男人，先抬起手撥開擋住臉的頭髮，再以十指貼上胡媚兒的臉頰，使出全身力量往左右扯。

「松、松雅雅雅——」

「妳把別人的身體當成什麼了？芭比娃娃、黏土人、樂高？要玩要變去玩妳自己！」

葛夜原本被蒲松雅驟然變長的頭髮嚇呆了，直到聽見對方的怒吼才回神，她跑到兩人身邊抓住蒲松雅的手道：「蒲先生，你冷靜一點……」

「我才不要冷靜！」

蒲松雅掐著胡媚兒的臉大吼，吼聲震動房間、也驚動樓下的廚師與女侍者，一群人跑上樓查看，跨過滿地的衣服加入拉開人類與狐仙的行列，費了一番工夫才將兩人分開。

只是人雖然分開了，蒲松雅的怒氣卻一點也沒消滅，他頂著一頭能直接進棚拍洗髮精廣告的長髮，殺氣騰騰的瞪視任何意圖靠近自己的人。

這讓原本就延宕許多的裝扮工作更加落後，眼看太陽從中央緩緩往西移動，選妃活動的時間一點一滴逼近，他們的準備進度卻連一公厘都沒前進。

終於，在反覆的安撫、意外激怒當事人、再安撫、再度激怒當事人……後，胡媚兒心一橫，轉向葛夜道：「不好意思，可以請葛夜姐和大家先出去，等我說動松雅先生合作後再請你們回來嗎？」

葛夜愣了一秒訝異的道：「全部的人都出去，只留小媚一個人嗎？這怎麼行，萬一蒲先生又……」

「松雅先生不會對我動手，我對此有絕對的自信。」

胡媚兒朝葛夜、女侍者與廚師們鞠躬道：「拜託了，讓我們獨處一陣子。」

葛夜與員工們見到胡媚兒如此低姿態的請託，即使再不放心狐仙，他們也只能點頭，抱著擔憂退出房間。

胡媚兒送走滿房間的人，轉身面向坐在牆角的蒲松雅。

蒲松雅仍頂著一頭長髮，髮絲和陰影融為一色，彷彿恐怖片中常見的地縛靈。

胡媚兒深呼吸，鼓起勇氣向惡靈化的人類問：「松雅先生，我能過去你那裡嗎？」

「……」

「我過去了。」

「……」

蒲松雅有聽見胡媚兒的話語，也捕捉到對方窸窸窣窣的腳步聲，但他的雙眼仍盯在右側牆壁上，打算不管狐仙怎麼鬧、怎麼哭，都要堅決抵抗到底。

可惜他忘記胡媚兒除了怪力、大食與美貌之外，還有一項專門針對「蒲松雅」的武器。

蒲松雅的手指尖突然碰觸到細毛，他愣了一秒，轉頭往左看，瞧見一隻棕色的大狐狸坐在自己面前，蓬鬆的長尾繞過身體輕拍榻榻米與自己的手。

「嚎嗚……」

棕狐狸——胡媚兒——綿長輕柔的嗚叫，用頭頂頂蒲松雅的手臂，再躺下來翻身露出白肚子，睜著圓滾滾的黑眼注視蒲松雅。

蒲松雅渾身緊繃，想將視線拉回牆壁上，卻又捨不得錯過眼前毛茸茸、軟呼呼的動物。

胡媚兒將身體翻正，爬起來用前腳搭住人類，再趴下來翹起屁股搖尾巴，繞著對方左跑跑右跳跳，最後回到原位再次露肚皮，靜止不動望著蒲松雅。

蒲松雅的嘴角微微抽動，低頭注視著攤平在自己腳邊的大狐狸，最後還是忍不住碰觸毛肚子道：「妳……妳這招太過分了。」

「嗚嗚——（松雅先生原諒我嘛——）」

「好啦好啦我原諒妳，不要再扭了！該死、該死、該死，這次就算了，等妳變回人形我絕對要妳好看！」

「嚎嗚！（謝謝松雅先生！）」

胡媚兒開心的跳起來壓倒蒲松雅，用耳朵與頭猛蹭對方，用自己的毛將人類搔得大笑後，開開心心的恢復成人類的姿態。

突如其來的變身讓蒲松雅瞬間從放鬆轉為驚嚇，他倒抽一口氣，抓起手邊的和服單衣扔上胡媚兒的臉。

「松雅先生，你怎麼突……」

「把衣服穿上！」蒲松雅大喊，再抓起一條腰帶塞給對方。

「衣服？」胡媚兒低頭看自己一眼，吐吐舌頭不好意思道：「抱歉，我忘記人類是要穿衣服的動物，我立刻穿上。」

「這麼重要的事別忘啊！」蒲松雅閉著眼睛抗議，困窘到滿臉通紅。

當胡媚兒穿好衣服時，葛夜正巧也敲門問兩人結束了沒。狐仙一面拉平袖子、一面應聲，拉開拉門讓女老闆進來。

葛夜一進房間就皺眉頭，指著胡媚兒身上的白單衣問：「妳怎麼換衣服了？」

「呃……我熱了，不對，是我、我……」

「我能挑這件穿嗎？」蒲松雅邊問邊走到胡媚兒與葛夜之間，以身體遮住葛夜的視線，再彎腰拿起一件黑底繡金的和服。

葛夜瞪大雙眼，愣住足足十秒才開口問：「蒲、蒲先生，你願意……」

「我不願意，但現在沒別的選擇了。」

蒲松雅抖開手中的和服，看著以夜荷與螢火蟲為花紋的華衣，萬般無奈道：「請盡量別讓我看起來像人妖。」

「請相信我的手藝，我會把你打扮成令男人垂涎、令女人忌妒的大美人。」葛夜自信滿滿的回答，雙眼在夜荷和服、蒲松雅本人與滿地的腰帶飾品間流轉，興致勃勃的思索要如何做搭配。

蒲松雅被葛夜看得渾身發毛，一度湧起撤回前言並跳窗逃脫的衝動，但礙於前有鬥志高昂的女老闆，後有隨時可能再變身打滾的女狐狸，他只能閉上眼告訴自己——這一切都是幻覺，醒了之後什麼紀錄也不會留下來！

儘管蒲松雅放棄掙扎，但逝去的時間不會回來，為了趕在時限前將他由男變女，胡媚兒與葛夜都卯足了勁衝刺。她們將蒲松雅推進澡堂刷洗，接著細心的替對方修眉、修指甲、去角質，最後以綠豆粉等物製作敷料敷臉，將人從頭到腳修整一番後，才正式開始著裝。

葛夜拿出自己的化妝箱，胡媚兒也貢獻了隨身化妝包，兩人一左一右包圍蒲松雅，先盤起對方的長髮，再嘰嘰喳喳的討論該選哪個顏色的口紅與眼影、用什麼方式上妝。

蒲松雅在化妝中途開始神遊物外，等到葛夜與胡媚兒開始扒他衣服時，更是進階到靈魂出竅的程度，像人偶一般一個指令一個動作。

拜此之賜，雖然化妝品與衣飾統統抹或穿在蒲松雅身上，他卻對自己的變化視若無睹，直到手臂被葛夜重重一拍，才魂歸附體往前看。

他的面前立著一面穿衣鏡，鏡中站著一名長髮挽起、頭簪花簪的女子。

這名女子穿著一件漆黑華麗的和服，金荷花與青螢火蟲順著裙襬環繞而上，穿過赤色腰帶停在交疊的衣襟上；她的臉與脖子被均勻的塗成白色，眼角有花瓣般的櫻印，薄脣上抹有豔麗的紅色，配上漂亮的瓜子臉，形成一幅冶豔至極的美人畫——如果女子的眼神不要如此銳利，表情能再柔軟溫和一些的話。

「你比我想像中還適合藝妓妝呢！」葛夜靠近女子——蒲松雅——搭上對方的肩膀滿意的道：「如果你年輕十歲，我一定要介紹你去藝館。」

蒲松雅張口再閉口，抖著聲音壓抑的問：「有必要……有必要把我畫成、綁成這個樣子嗎？」

「你現在抗議已經來不及了。」葛夜輕拍蒲松雅的背脊，然後偏頭朝站在身後的胡媚兒道：「對吧，小媚？我們過程中明明有問過蒲先生的意見，是他自己什麼都不說的。」

胡媚兒沒有回答，她睜大眼睛盯著蒲松雅，直到葛夜伸手在她眼前揮了揮才回神。

「啊！什麼？葛夜姐妳剛剛有說話嗎？」

「我問妳……算了，自己的丈夫由男轉女，還轉得幾乎不留痕跡，任誰都會看呆。」

葛夜搖搖頭苦笑，拉開柳樹拉門道：「好了，蒲先生，接下來是女士的打扮時間，請你先到外面等候。」

「我的部分結束了？」蒲松雅問，整個人瞬間精神起來。

「統統結束了，不過請你盡量小心，如果弄亂衣服或掉妝，一切又得重來一次了。」

「……我會小心。」

蒲松雅拎起衣襬，小心翼翼的挪動雙腳往外走，坐在放在走廊轉角的板凳上，看著欄杆與屋簷之外的藍天發呆。

相較於蒲松雅長達三個小時的著裝，胡媚兒的部分簡直快得嚇人，她只在房內待了半個多小時就整裝完成，和葛夜一起並肩離開房間。

她們兩人都化了明媚的彩妝，也盤起髮絲插上菊花或櫻花造型的髮飾，穿著未婚女性的禮服——振袖和服。

蒲松雅看看胡媚兒，再望向同樣盛裝的葛夜，微微皺眉問：「葛夜小姐，妳要陪我們一起去選妃活動嗎？」

「我本來不打算去，但是小媚說難得有機會看華族，所以邀我一起同行。」

葛夜低下頭不自在的問：「不過，這麼漂亮的衣服配我這種人……不適合吧？我還是比較適合穿圍裙和素色的和服。」

「妳比我適合這種裝束。」蒲松雅毫不猶豫的回答，稍稍靠近葛夜的臉道：「楓紅色的振袖，正好配妳臉上的楓葉胎記，看起來相當迷人喔。」

葛夜的臉一下子飆紅，轉開頭連續後退道：「蒲、蒲先生你在說什麼？怎麼能當著妻子的面說這種話？小媚聽到會生氣的！」

「她沒纖細到會為了這種事生氣。」

而且我們根本不是夫妻——蒲松雅將後半句話留在心中，轉頭正想對胡媚兒搭話時，發現狐仙雙眼發直的盯著自己。

「……胡媚兒？」蒲松雅低聲呼喚，見胡媚兒抖一下身子回神，他不悅的皺眉道：「怎麼了？我的樣子奇怪到讓妳每看必失神嗎？」

「不奇怪、不奇怪，只是……」

胡媚兒搖著手否認，不過搖到一半就停止動作，瞇起眼不知道在思索什麼。

蒲松雅湧起掐胡媚兒臉頰的衝動，但是一想到這個動作可能扯亂衣裝，只能耐住火氣轉身下樓。

三人穿過一樓的店面，到達在店門口等待接應的車子。

車子不是蒲松雅或葛夜所準備，而是由朱孝廉那方安排的。

這位體貼又好色的殿下為了方便參加選妃的平民，只要事前向朱御院發出申請，院方就會派出車子來迎接候選人。

蒲松雅等人在「清割」門外佇立片刻，瞧見一輛灰牛車從道路另一端出現，乘著夕色來到三人面前。牛車的車夫下車，捲起竹車簾，沉默的將三位客人扶入車廂後，坐回駕駛座控制灰牛朝朱御院前進。

蒲松雅在車內調整坐姿，好不容易找到一個稍微舒服又不至於弄亂服裝的姿勢，靠上廂壁正想休息一下時，發現胡媚兒又直直瞪著自己。

他停頓幾秒，拿起放在腿上的束口包，直接扔向胡媚兒的頭。

「哇啊！」胡媚兒發出哀鳴，壓著額頭望向蒲松雅問：「松雅先生你做什麼？你拿什麼扔我？」

「裝有石頭的手提包。」

「為什麼會有石頭？」

「觀老太太送的，我把石頭放進提包中，必要時能拿來當武器。」

蒲松雅拿回束口包，雙手抱胸緊盯胡媚兒問：「妳到底在看什麼？我臉上有怪東西嗎？」

「沒有，我只是……怎麼說呢？總覺得看著松雅先生，就能想起重要的事。」

「想起妳欠我的伙食費總額嗎？」

「不是我的事啦，是……啊啊啊我想起來了！」

胡媚兒猛然瞪大眼睛，抓起蒲松雅的手大聲喊道：「是豔遇、初戀和藝妓，沒錯！我們當時說的就是這個！」

「什麼這個那個？講清楚一點。」

「就是龍潭先生跟我提過的日本留學經歷，松雅先生非常想知道的事啊！」

胡媚兒搖晃手指提醒，抬起頭回想道：「我記得當時龍潭先生說過，他在取得學位前夕，被同學招待去高級料亭慶祝，在那裡遇上自己的初戀情人，一名叫清夜的藝妓。」

「龍潭先生在晚宴上對清夜一見鍾情，但是他只是靠人資助才能留學的學生，對方卻是當紅藝妓，本以為兩人不會有機會再見面，沒想到隔天龍潭先生散步經過昨日的料亭時，竟然在料亭前偶遇清夜。」

「當紅藝妓有那麼好偶遇嗎？」蒲松雅皺眉問。

「嚴格說起來不算偶遇，因為清夜是專程去料亭轉交龍潭先生的懷錶。龍潭先生把恩人贈送的懷錶忘在晚宴上，清夜撿到那只錶，但是不確定是誰落下的，所以把錶送回料亭，想委託店家找失主，結果幸運遇見龍潭先生。」

胡媚兒回憶著孟龍潭的聲音，繼續說下去道：「龍潭先生鼓起勇氣想約清夜去咖啡廳坐坐，沒想到清夜自己提出邀請，拉著龍潭先生到她熟識的店內休息談天。」

蒲松雅眼中浮現疑惑，但沒有打斷胡媚兒。

「在那之後，龍潭先生只要有空就會到兩人相遇的料亭前，有時候等上一整天都等不到人，有時候剛到店門口就瞧見清夜。但無論是哪一種，龍潭先生都很快樂，等待清夜是龍潭先生二十多年人生來最快樂的事。」

「兩人持續這種『不期而遇』近兩個月，龍潭先生對清夜越來越著迷，從單純仰慕轉變成希望和對方共度一生，於是在學成歸臺的前一週，問清夜願不願意和自己一起走。」

「而清夜拒絕了？」蒲松雅問。

「……」

「別告訴我妳忘記了！」

「我沒忘記！只是……只是很難回答這個問題。」

胡媚兒垂下肩膀失落的道：「因為龍潭先生沒得到答案。龍潭先生告訴清夜，如果清夜願意跟自己走，就在返臺的渡輪開船前到他居住的旅館找他，但是那間旅館在開船前一天發生火災，整間旅館燒得連一根木頭都沒留下。」

「確認答案的場所毀了，所以無法知道答案嗎？」

「沒錯，龍潭先生講到這段時，抓著我的衣服非常傷心的大哭，一直喊著：『明明只差一天，明明再等一天就好了，為什麼不給我機會！』我頭一次見到龍潭先生那麼傷心。」

「因為這對他而言，是非常遺憾的事吧。」蒲松雅低聲道。

他摸著下巴思索片刻後，問向狐仙：「胡媚兒，孟龍潭有告訴妳，他當時所住的旅館叫什麼名字嗎？」

「當然有，那間旅館叫……」胡媚兒的話聲中斷，維持「叫」字的口形，一動也不動的僵在原地。

「叫什麼？」

「叫做……」胡媚兒拉長聲音，停頓幾秒後猛然做出土下座道：「對不起，我忘記了！請給我時間，給我時間我一定想起來！」

「妳這半調子記性。」

蒲松雅無奈的低語，眼角餘光掃過葛夜的臉，瞧見對方的臉上反射著微光，定眼一看才發現那是眼淚，他嚇了一跳問：「葛夜小姐，妳還好嗎？」

「我沒……啊！」葛夜察覺自己雙眼泛淚，趕緊拿出手帕擦拭道：「抱歉，大概是有東西跑進眼睛裡。」

胡媚兒拉長脖子問：「欸欸？不是我說的故事太感人嗎？虧我那麼努力鋪陳！」

「然後一不小心就鋪陳到忘記最重要的部分嗎？」

蒲松雅以手刀輕敲胡媚兒的頭，指著對方的鼻子道：「聽好了，如果妳的記憶沒錯，那麼孟龍潭極有可能許下『讓我和清夜再相遇』或『讓我知道清夜的選擇』之類的願望，而無論他許哪個願，人都會待在那間燒掉的旅館。快點想起旅館的名字，這樣我們才能找到人。」

「我會盡力想起來。」

「不是『盡力』想起來，是『一定』要想起來。」蒲松雅再次敲胡媚兒的頭。

「不要一直打我，我會盡力一定想起來啦！」

「『盡力』是多餘的。」蒲松雅敲下第三記手刀。

▼※▲▼※▲▼※▲▼※▲

牛車在敲頭與訓話聲中繼續前進，經過約一個多小時的路程後，總算到達選妃活動的會場——朱御院。

朱御院雖名為「院」，造型上卻更接近「城」。它被護城河所包圍，最下層是十多公尺高的石牆，石牆之上是白牆紅瓦的樓閣，樓閣由大至小層層堆疊，組合成一座雄偉迫人的日式城堡。

當蒲松雅等人乘坐的牛車抵達朱御院時，院前的廣場已經停滿其餘候選人所坐的車子，身穿黃色官袍的男子在車間穿梭，引導車內人朝城堡走去。

昭和時期的街道、戰國時候的城堡、平安時代的官袍……蒲松雅看著充滿時空錯置感的人與物，跟在官袍男子與其餘候選者身後，一同穿過沉重的鐵門與木門，正式踏入朱御院之內。

而蒲松雅在踏入院內的同時，迅速搞懂為什麼朱孝廉進入壁畫的時間明明不是最長，失去的精氣卻是最多的。

朱御院內的擺設非常奢華，紅木柱子配上彩繪拉門，轉角與牆面上懸吊、擺設的盆栽與玉器，全是連外行人都能看出其昂貴的高級品。

不過以上都不是蒲松雅所找到的「理由」，真正讓朱孝廉血氣大失的，是立於長廊上、拉門內與樓梯間的眾多女性。

有貓耳、兔耳、犬耳、鳥翼等等眾多擁有動物特徵的小女孩，有穿著護士裝、空姐裝、醫生袍、軍裝、警察制服等等服裝的熟齡女子，還有巫女、神官、道士、修女、女巫等等各種宗教的女性神職人員，以及套著和服、旗袍、歐式蓬蓬裙禮服、韓裝、希臘袍子、夏威夷草裙等等各國民族服飾的女人。整座城堡宛如是世界美女收藏處，不管是哪個職業、人種、類型的美人，城堡內統統能找到。

「這個好色的死大學生，對女人到底有多飢渴啊？」

蒲松雅喃喃自語，而這兩句話也是胡媚兒與葛夜的心得，三人一臉驚愕的注視多到快滿出來的美女，一面前進、一面擔心朱孝廉的精氣量。

他們隨官袍男子一階一階往上爬，來到最頂層的天守閣，進入一間長形大房間中。

「諸位同行者，請至偏室等待。」

官袍男子齊聲說話，將候選人與隨行侍者分開，前者沿著兩側排成四行，後者則被帶離大房間。

胡媚兒在離開前，回頭朝蒲松雅看去，大眼中有著濃濃的擔憂。

蒲松雅感受到狐仙的注目，不動聲色的晃晃束口包，用動作表示——我有武器別擔心。

這讓胡媚兒轉而擔憂起朱孝廉的人身安全，可惜在她將憂慮傳達給蒲松雅前，官袍男子已經靠過來，將她、葛夜與其餘隨行者推到隔壁房間內。

蒲松雅目送兩人消失在拉門後，聽著官袍男子的命令低下頭，看著榻榻米，靜待三輪淘汰開始。

傳單上沒講明淘汰的規則，蒲松雅本以為自己會被要求做什麼才藝表演，可是他與其餘候選人卻沒收到下一步指令，只是整整齊齊的跪坐成一排，看著官袍男子在周圍走動，不時拍肩將某幾名候選人喚起帶離。

淘汰就在寂靜中開始與結束，蒲松雅左右的人消失大半，剩餘的人經官袍男子重新整隊，維持跪姿面向房間最深處的金箔拉門。

活像是日劇中的大奧啊……蒲松雅在腦中回想自己在液晶螢幕上見過的畫面，兩排女人或男人一字排開，等待主公從門中走出，遴選一個不幸的男女陪寢。

金箔門在蒲松雅胡思亂想時打開，他聽見官袍男子齊聲呼喊：「廉政殿下到！」本能的抬起頭往門口看，瞧見一名穿著深藍色浴衣、大紅色罩衫的青年站在金門邊。

蒲松雅一眼認出青年就是他家的不肖工讀生，即使對方散著一頭半長髮，臉色偏白，臉骨與鎖骨突出，眼眶旁還浮著一圈黑眼圈，但就輪廓、站姿與色咪咪的視線，此人毫無疑問是朱孝廉。

而朱孝廉的左右是低頭躬身的官袍男子，前方是同樣壓低頭顱的妃子候選人，整個房間中只有他與蒲松雅未低著頭，這讓兩人理所當然的對上視線。

蒲松雅嚇一跳，明明有事前在心中模擬過遇見朱孝廉的應對：一是轉開目光裝羞澀，二是忍住噁心朝對方溫柔微笑。

但在兩人四目相交的瞬間，他既沒選一也沒選二。

他在與朱孝廉眼神相交的瞬間，湧起「不過是個孝廉，在自大囂張個什麼！」的惱怒，然後近乎反射動作的狠瞪回去。

蒲松雅看見朱孝廉後退半步，這才發覺自己做了過去天天都在做，但此刻絕對不能做的反應，只得迅速低下頭，假裝他什麼都沒幹。

完蛋了完蛋了完蛋了！蒲松雅瞪著地板在心中哀號，朱孝廉被那樣殺氣騰騰的瞪過後，絕對不會挑自己侍寢——雖然他也完全不想——而不被選中，也就沒機會將胡媚兒製作的斷咒符貼到對方身上。

「蒲雅子。」

——啊啊乾脆趁那傢伙走過來時，直接撲上去貼符算了，沒錯就這麼辦！撲上去貼符後再踹朱孝廉兩腳，把他打到忘記自己看到什麼……

「『清割』的蒲雅子！」

呼喊聲將蒲松雅拉回現實，他抬頭朝前方看去，這才發現兩名官袍男子站在自己面前，而本該在這兩人的陪伴下經過他面前的朱孝廉卻不見蹤影。

「殿下已經離開了。」

官袍男子回答蒲松雅的疑惑，並且朝他丟出震撼彈：「殿下在離去前選定今晚的侍寢者，請隨我們到御寢準備。」

「……啊？」

「『清割』的蒲雅子，妳是今晚的侍寢者。」另一名官袍男子回答，平板的臉上沒有一絲玩笑。

蒲松雅的雙眼緩緩睜大，他僵硬的站起來，心中沒有獲選的喜悅或安心，只有一個頗為失禮的問題。

——朱孝廉，你是被虐狂嗎？

▼※▲▼※▲▼※▲▼※▲

蒲松雅在官袍男子的護送下，離開長形大房間，繞過長廊與兩扇暗門，來到被稱為「御寢」的起居室。

「殿下，蒲雅子已帶到。」

官袍男子朗聲報告，一左一右拉開御寢的拉門。

蒲松雅垂著頭跨過拉門，直到背後響起關門聲，才悄悄轉動眼珠看向周圍。

御寢比先前的長形房間大上二分之一，正方形的空間四角放有高腳燭臺，前四分之一段微微墊高充為舞臺，中間是供賓客坐臥的空間，後四分之一段則設有屏風，四周還立著武士或忍者打扮的女孩。

朱孝廉坐在房間的中央，他端著酒杯斜靠在和室椅上，身旁沒有女子服侍，只有一張擺放菜餚與溫酒的矮桌，以及一張閒置的椅子。

蒲松雅看著那張空著的和室椅，猶豫片刻後主動走向椅子，坐到朱孝廉的對面。

朱孝廉沒有看蒲松雅一眼，他揚首喝乾杯中的酒水，放下酒杯揮出左手，房內的武士與忍者立刻倒退離開。

對蒲松雅而言，這是求之不得的好機會，他將手伸向腰帶，打算抽出藏在裡頭的符咒。可惜在他拿出符咒之前，朱孝廉突然起身走向舞臺，遠離蒲松雅手臂所能碰觸的範圍。

「我一直很孤獨。」朱孝廉沿著舞臺行走，仰望天花板低語：「雖然這座城中住著家臣、侍衛、從官、男女僕從，此外還有眾多前來晉見的商人與官員，這些人聽從我的命令，遵從我的指示，只要我一聲令下，他們什麼都會做。」

「……」

「但也只是這樣罷了。他們聽從我的命令，卻不會做出命令以外的事。而且服從的人也只是『朱御院廉政殿下』，並不是我這個人，如果失去這個身分，他們之中沒有人會關心或幫助我。」

朱孝廉停下腳步，哀傷的嘆氣道：「我想得到真心愛戴我、關心我的對象，因此一次又一次尋找我生命中的真愛，發出無數的選妃告示，但無論是清純的少女、稚嫩的女孩、成熟的女性，全都是衝著我的財富與地位而來。」

「……」

「這是多麼悲慘的事！儘管我有那麼多人作為手足，還擁有凡人一生都無法接觸的珍寶，但我其實一無所有，我的掌中空無一物！」

朱孝廉仰天長嘯，抓住自己的衣襟痛苦的道：「我是富裕的窮人，是受到眾人注目卻無人了解的影子！我想要一個真正看到我、將我放在心上的人，為此我願意付出任何努力。」

「……」

「所以我才挑選了妳！」

朱孝廉一百八十度轉身，朝蒲松雅伸出手道：「妳那不合禮儀的舉動、拒絕服從的眼神，如果是妳的話，肯定不會被錢與名聲迷惑，能真真切切的愛著我吧！」

蒲松雅沒有答話，他面無表情的注視朱孝廉。靜坐片刻後，他扶著椅子扶手起身走到對方面前，抬起左手放到對方的肩膀上。

朱孝廉胸口泛起暖意，向前一步正想擁抱眼前的豔麗藝妓時，突然被對方一拳揍中臉。

「噗嚕——」

朱孝廉後仰跌坐在地，壓著流血的鼻子仰頭望著蒲松雅問：「妳妳妳妳做什麼！」

「揍你啊，很難理解嗎？」

蒲松雅沉著聲音回答，他一面大動作拉鬆和服的下襬與腰帶，一面不耐煩的道：「蠢死了！我可不是為了聽這麼愚蠢的抱怨，才把自己的臉塗上水泥、身體綁成粽子……快點把你那顆蠢腦袋打醒，然後脫掉這身礙事的服裝回去！」

「脫、脫掉衣服？妳是這麼性急的人嗎！」朱孝廉滿臉通紅道：「我還以為妳是更冷淡高傲，需要我付出時間與精力才能攻陷……」

「誰在跟你談脫衣服的事？」

蒲松雅一腳踹向朱孝廉的臉，雙手扠腰俯瞰痛到滾來滾去的人道：「孤獨、沒人關心、一無所有？你是大二生又不是中二生，別說這種幼稚做作的話！真正孤單又什麼都沒有的人，才沒時間與精力抱怨呢！」

「不對，我……」

「自己收集了滿滿一娃娃屋的男女，再來抱怨你空虛寂寞覺得冷，奢侈浪費也得有個限度吧！再說，就算不管這間娃娃屋，你也還有父親、母親、哥哥、弟弟和一大票蠢同學笨朋友吧？扣除沒有女朋友這點，你的人際關係表內有哪格是空著的？」

「我不懂妳在說……等等！妳的聲音怎麼那麼低？聽起來活像是男人！妳到底是誰？」

「我本來就是男人！至於我是誰……」

蒲松雅再補上一腳，伸手抓掉頭上的髮簪解開髮髻，用昂貴的和服袖子大略抹去臉上的妝，盯著朱孝廉沒耐性的問：「這樣夠清楚了吧？」

朱孝廉的嘴巴像魚一樣一開一闔，反覆數次後猛然翻身正座，將頭叩上榻榻米興奮的大聲道：「女、女王陛下請踩我！」

蒲松雅沉默幾秒，彎腰撿起地上的束口包，先一腳踢翻朱孝廉，再將包包當流星鎚甩動，直接砸上對方的臉：「你這個眼睛脫窗的白痴！」

朱孝廉二度後腦勺著地，他兩手攤平躺在榻榻米上，雙眼翻白，整個人靜止如死屍。

蒲松雅走到自家工讀生的頭邊，正在想是要把人踹醒還是敲醒時，朱孝廉突然倒抽一口氣，從地上彈坐起來。

朱孝廉大口大口的喘氣，瞇著眼仰望蒲松雅道：「你是……」

「敢叫我女王或女人，我就宰了你。」

「店店店店長！」

朱孝廉吼出正確的稱呼，指著蒲松雅的長髮與衣裝問：「這這這是怎麼回事？假髮？留長了？為什麼你會穿女……噗嚕！」

蒲松雅二度以束口包攻擊朱孝廉，抬高下巴怒氣沖沖的道：「還不是為了救你！我和胡媚兒聽說你快精盡人亡，只好放下手中的要務，先過來把你從這個淫窟拉出來！」

「淫窟？店長你在說什麼？我們明明在藝……啊！」

朱孝廉猛然僵直，眼眶中迅速蓄積淚水，趴下來猛搥榻榻米道：「一切都是假的，全部都是夢啊……我的春花、夏夜、秋香、冬靈、雅子、美奈子、明日香、安娜、安妮、安倍……」

「夠了！」蒲松雅打斷朱孝廉的哀鳴，指著金箔拉門道：「既然你清醒了，就找人把胡媚兒和葛夜帶過來。」

「葛夜？」

「協助我和胡媚兒的本地人，是個小個子的美女。」

「美女！有美女嗎？我馬上去！」

朱孝廉眼睛一亮，三步併作兩步奔向金箔門，很快就帶著胡媚兒與葛夜返回御寢。

「孝廉你真的沒事了嗎？有沒有覺得腦袋昏昏的，身體哪邊不對勁？」胡媚兒盯著朱孝廉，邊走向御寢邊追問。

朱孝廉揮舞雙手笑道：「我沒事、我沒事！沒有頭昏，身體四肢也都很正常，只有鼻子和大腿還在痛。」

「鼻血又流出來了！」葛夜驚呼，拿出手帕和胡媚兒一起替朱孝廉止血。

三個人卡在門口壓鼻子擦鼻血，手忙腳亂了好一會才總算止住鼻血，正式踏入御寢。

而胡媚兒進入御寢後注意到的第一件事，不是御寢的寬廣美麗，也不是蒲松雅此時的樣貌，而是矮桌上一口都沒動過的菜餚。

「晚餐！」胡媚兒舉起雙手歡呼，跑到矮桌前拿起碗筷朝桌上的烤魚伸去，嚥下多汁的魚肉後，才瞧見蒲松雅頂著一頭散髮坐在自己面前。

胡媚兒視線從蒲松雅的頭髮往下走，看見凌亂的衣襟、鬆開不少的腰帶，最後停在翻起來的下襬上。

她拿碗筷的手緩緩顫抖，扭頭瞪向朱孝廉問：「孝廉你對松雅先生……對……對他行苟且之事了嗎！」

「苟且之事是……呃！」

朱孝廉倏然理解胡媚兒的指控，立刻以最大幅度搖頭道：「怎怎怎怎麼可能！是店長自己脫……我是說他自己解開髮髻和腰帶的，而且解開的目的是為了揍我，我是無辜的！我喜歡的是像小媚這種軟綿綿輕飄飄，像棉花糖一樣甜美的女孩子啊！」

「松雅先生為什麼要揍你？」

「因為他太蠢了。」蒲松雅代替朱孝廉回答，在自家工讀生反駁前搖手道：「那不是重點，我之所以要孝廉把妳們找過來，是要處理更迫切的事。」

「更迫切的事？」胡媚兒與朱孝廉同聲問。

「孟龍潭的所在位置。我懶得慢慢旁敲側擊了，直接逼知道的人說比較快。」蒲松雅回答，雙眼因為失去耐性而更加尖銳。

「知道的人……」胡媚兒想起牛車上的對話，趕緊舉起雙手比出叉叉道：「我還沒想起來旅館的名字，再給我一天……不！半天就夠！我一定能想起來。」

「我要問的人不是妳。」

蒲松雅將頭轉向另一側，望著坐在三人對面的葛夜，問：「葛夜小姐，請告訴我們孟龍潭住在哪間旅館。」

葛夜愣住三、四秒，僵硬的笑道：「蒲先生在說笑嗎？」

「我不是在開玩笑，我的時間和耐性都快沒了，快把妳知道的部分說出來。」

「我不知道你在問什麼。」葛夜撇開頭。

胡媚兒在一旁插話：「松雅先生，葛夜姐怎麼會知道龍潭先生住哪家旅館？她可是法術創造出來的人耶。」

「她和我們一樣，是掉進壁畫裡的人。」

「……你說什麼！」胡媚兒大叫。

「妳完全沒發現嗎？」

蒲松雅垮下肩膀，一臉受不了的道：「我先前不是說過了？掉進畫裡的人會察覺到周圍的改變，而原本就待在畫中的人不會。妳還記得葛夜在看見和牛大餐，還有妳把我的頭髮變長時的反應吧？她當時完全傻住了。」

「我、我當時只顧著吃肉和求饒，沒注意到葛夜姐的反應。」胡媚兒搖搖手，滿臉錯愕的問：「但如果她和我們一樣是掉進畫中的人，怎麼沒有主動向我們坦白？是和孝廉一樣忘記自己是誰了嗎？」

「一開始應該是忘記，但後來大概是刻意隱瞞。」

「隱瞞？這有什麼好隱瞞的，大家都是掉入畫中的同伴啊！」

「當然有。」

蒲松雅斜眼瞄向葛夜，輕緩但毫不留情的道：「因為她對妳的朋友——孟龍潭，撒了一個瞞天大謊。」

葛夜置於腿上的手收緊，下意識避開蒲松雅的視線。

胡媚兒看看蒲松雅，再瞧瞧葛夜，雙手扠腰不解的道：「松雅先生，我聽不懂啦！就算葛夜姐和我們一樣是掉進來的人，那和龍潭先生又有什麼關係？他們不認識吧！」

「他們當然認識，而且認識的時間比妳還早。」

蒲松雅轉向葛夜，正視女老闆的臉龐，沉聲問：「葛夜小姐，妳認識孟龍潭，或者說，認識『秧田澤郎』，對吧？」

葛夜臉色刷白，低頭盯著榻榻米道：「我不知道你在說什麼。」

「妳還打算裝傻下去嗎？葛夜……不，這邊應該稱呼妳為『清夜』小姐。」

蒲松雅捕捉到葛夜肩膀的震動，眼神轉沉，低聲道：「果然是如此……那這樣整件事就說得通了。」

「什麼通不通？松雅先生你不要一直說這種跳躍式的話，我越聽越混亂了啦！」胡媚兒抗議。

朱孝廉舉起單手附和：「我也是，店長你講的話比我們系上人瑞教授的講義還難懂。」

「你待會自己找時間去問胡媚兒關於孟龍潭留日時的事，至於胡媚兒……算了，妳遲鈍也不是一天、兩天的事了。」蒲松雅認命的說明：「之前我在聽妳說孟龍潭留日的事，就一直覺得整個故事充滿了不合理。」

「首先，清夜撿到懷錶後，為什麼不直接交由店家或警察保管？一般來說在店內撿到他人的物品，都是如此處理吧？把懷錶帶回家再送回去，怎麼想都很奇怪。」

「接著，就算要將懷錶送回料亭，也輪不到清夜本人來送。她既然是知名藝妓，身邊應該有僕人可差遣，且就我所知，藝妓的工作雖然主要集中於晚上，但白天仍有課程或練習要做，哪有時間去送錶？」

「最後，清夜在還錶後，居然主動邀孟龍潭去喝咖啡，之後還持續與對方無償來往。藝妓是靠表演和與客人交談換取金錢的行業，如果有人能不付錢就與藝妓聊天，傳出去豈不是自貶身價？就算本人不介意，上頭的媽媽桑也不會允許吧？」

胡媚兒縮起脖子道：「你這麼一說是很不合理，但我可沒有說謊喔！雖然細節部分我記得不太清楚，但我發誓，我所說的全是從龍潭先生口中聽來的。」

「我沒有認為妳說謊，這些不合理是來自妳以外的人的謊言。」

蒲松雅重新看向葛夜道：「那個人是一名少女，少女在孟龍潭對清夜一見鍾情的那一晚，也對孟龍潭一見傾心。她撿到孟龍潭遺落的懷錶，將錶偷偷帶回住所，但很快就良心不安，所以隔天就將錶送回料亭，沒想到卻在那裡遇到孟龍潭本人，還被誤認為清夜。少女沒有澄清誤會，因為她知道孟龍潭戀慕著清夜，一如她戀慕著孟龍潭，所以她利用這點接近心上人，頂著清夜的名字享受對方的陪伴。」

朱孝廉皺著眉舉手道：「等一下店長，孟老爺爺可是畫家，畫家的眼睛和觀察力應該都很好，不太可能認錯人吧？而且就算真的認錯人，只要多聊幾句，也會發現這個人不是那個人啊！」

「照理來說是不會誤認，但如果兩人的長相極度相似，且那個人曉得的事，這個人也全知曉時，就能蒙混過去了。」

蒲松雅對朱孝廉解釋完，再將目光放回葛夜身上，繼續說：「少女和清夜可能是姐妹，或根本是雙胞胎，不過因為某些原因，清夜當上藝妓，少女卻成為照顧藝妓的人，藉此旁觀了整場晚宴，清楚所有清夜對孟龍潭說過的話。」

胡媚兒雙眉緊鎖問：「但就算真有這名少女好了，也不一定就是葛夜姐啊！她們名字不一樣，年齡也不一樣，葛夜小姐很年輕，但龍潭先生的初戀情人……算一算年紀，應該已經是老奶奶了。」

「妳忘了這個世界的許願機制嗎？只要有心，不管是老奶奶變少女，還是少女變老奶奶，都不成問題。」

朱孝廉做出索討的動作道：「那證據呢？店長你拿什麼認定葛夜就是清夜？因為兩人的名字都有『夜』，所以就說她們是同一人？」

「誰會拿出那麼蠢的證據？」蒲松雅反問，接著伸出手指解釋道：「證據有四個，第一個是『清割』二樓的柳樹拉門與葛夜腰上的銀懷錶，這兩者都有出現在孟龍潭的畫作中，還描繪得非常精細。」

「第二個是當胡媚兒說出孟龍潭的日本名時，葛夜在門外打翻茶水。她當時說自己是絆倒，但那裡可是平地，一個身手靈活的人在平地跌倒也太好笑了，她應該是聽見熟人的名字，一時驚嚇才打翻茶水。」

「第三個是她非常熟悉藝妓的妝容與衣著，普通人不可能會畫藝妓的妝、穿藝妓的衣服，這證明她是和這個行業有淵源的人，和『少女』一樣。」

「而最後一個，也是讓我斷定她就是清夜的證據，是她在聽胡媚兒敘述孟龍潭的初戀時，居然聽到哭出來。胡媚兒說故事的技巧那麼差，一般人哪會聽到掉淚。」

胡媚兒嘟起嘴不滿的道：「松雅先生你太過分了！我可是使出渾身解數講故事，聽的人會感動到落淚明明就很正常。」

「會落淚才有鬼。」

蒲松雅冷酷的下評語，接著把目光放回葛夜身上道：「葛夜小姐，妳對於我提出的推論與證據，有什麼要反駁或修正的嗎？」

葛夜垂首不語，像一尊石像般沉默不動，沒有聲息。

蒲松雅三人盯著葛夜，就在他們以為對方會安靜到永遠時，身為「清割」的老闆、孟龍潭的初戀情人的女子開口了。

「蒲先生，你真是個可怕的人。」

葛夜抬起低垂的頭，以哀傷但更接近羞恥的微笑道：「一切都如你所說，我沒有可修正或反駁的地方。」

第五章

雙胞胎姐妹的過去

葛子與清子出生於一座偏遠的小漁村，她們是一對美如人偶的雙胞胎姐妹，姐姐葛子爽朗大方、妹妹清子婉約溫柔，深受周圍大人的喜愛。

然而，兩姐妹畢竟是窮漁夫家的第五與第六個孩子，就算父母兄姐都十分疼愛她們，仍敵不過現實與貧窮，在五歲時被前來漁村尋覓繼承人的置屋（注：藝妓的培訓場所）擁有者夕夜夫人帶走。

夕夜夫人將姐妹的名字改成葛夜與清夜，對兩人施以舞蹈、音樂、禮儀、交談……等等藝妓教育，不過她很快就發現，葛夜與清夜雖然擁有一樣的容貌、同樣聰明的頭腦，卻因為性格的差異，妹妹清夜是天生的藝妓料子，姐姐葛夜卻總是無法達成老師的要求。除此之外，葛夜隨著年齡增長，臉上也慢慢浮現楓葉狀的胎記，令夕夜夫人不得不放棄培養她，將人派去廚房幫忙。

此舉反而開發了葛夜的特長，她很快就將廚娘的食譜統統學來，還自行研發新菜色，反過來讓廚娘向自己學習。

同時，清夜也由舞妓（注：實習階段的藝妓）轉為正式藝妓，她憑藉高雅的氣質與外貌，成為京都炙手可熱的名妓，坐穩置屋繼承人的位置。

清夜雖然是一夜千金的藝妓，可她並沒有忘記姐姐。她無法解除葛夜的僕人身分，但是她能將葛夜還為貼身僕人帶在身邊──名義上兩人是主僕，相處上卻仍是嘻笑打鬧的姐妹。

而葛夜就是在此時，遇見了當時還是「秧田澤郎」的孟龍潭。

那天葛夜有點身體不適，但還是一如往常陪清夜一起前往熟識的料亭工作。

當晚料亭座無虛席，店家忙到人手不足，便拜託葛夜幫忙送菜餚到宴會廳。葛夜考慮到今晚的客人是老雇主，料亭老闆又非常照顧她們姐妹，於是答應店家的請託，在廚房與清夜所在的宴會廳之間來回穿梭。

只是這麼兩頭跑，卻加重了葛夜的負擔，她在送清酒時突然一陣暈眩、眼前轉黑，整個人往前倒，撞上正巧開門走出宴會廳的青年。

「小心！」

葛夜在青年的喊聲中回神，伸手抓東西穩住重心，但托盤上的清酒仍飛了出去，當場灑了青年一身。

葛夜當場僵住，看著半溼半乾的青年不知該如何是好時，料亭的資深女侍者正巧行經走廊，停了下來驚愕的問：「葛夜，妳對客人做了什麼！」

「是我的錯！」

青年搶在葛夜說話前開口，看著女侍者不好意思道：「我喝多了一時站不穩，這位姑娘為了扶我才把酒打翻，請不要怪罪她。」

「是這樣啊……需要替您準備醒酒茶嗎？」女侍者問。

「我出去吹吹風就行了。可以給我一條乾布，讓我把身體擦一擦嗎？」

「當然可以！葛夜，妳帶客人到更衣間，找條布和乾淨的浴衣給客人。」

葛夜帶著青年前去員工更衣間，找出乾布與替換的衣服，再將人送返宴會廳。

過程中，葛夜因為羞愧一路低著頭，直到兩人回到宴會廳內，她才小心翼翼抬起頭，偷偷窺視替自己解圍的青年。

那名青年有一張洋溢書卷氣的臉，對於周圍朋友與藝妓的搭話總是回以靦腆的微笑，和周圍的酒氣與笑語顯得格格不入。

然而，這麼一個低調不起眼的青年，卻讓葛夜看了整整一晚。

她張大雙眼看著那人飲酒夾菜，或是仰頭注視清夜演出時的表情與動作；她也悄悄捕捉那人的話聲，得知對方名喚秧田澤郎，是從臺灣前來攻讀醫學的留學生。

葛夜度過了有生以來最愉快的晚宴，當她與姐妹、女侍者一起鞠躬送走客人時，心中湧現的不是工作結束的輕鬆，而是濃濃的失落。

她抱著空蕩蕩的心返回宴會廳，一面收拾從置屋帶來的樂器、傘與扇子等表演道具，一面回想著秧田澤郎——孟龍潭——的身姿。

資深女侍者在葛夜收拾到一半時走進宴會廳，拿著一只銀懷錶晃了晃問：「葛夜，這是妳掉在更衣間的東西嗎？」

不是——葛夜本想這麼回答，不過她在開口前，認出那只懷錶是孟龍潭更衣時放下的錶，聲音頓時卡在喉頭。

「葛夜，這是妳的嗎？」女侍者再次追問。

「是我的。」

葛夜聽到自己如此回答，她從女侍者手中接下懷錶，五指緊握住錶身，胸口因為掌中冰冷的金屬物而發燙。

她帶著懷錶回到置屋，將銀懷錶放在枕頭邊，就著月光看了整整一夜，對孟龍潭的好感緩緩增加，可是私藏物品的不安也慢慢爬上心頭。

葛夜受不了良心的譴責，隔日在忙完工作後向妹妹請了半天假，將懷錶送回料亭。

然後，她就在料亭門口意外撞見自己思念一晚的孟龍潭。

孟龍潭直直盯著葛夜，驚訝又不確定的問：「妳是……是清夜小姐嗎？」

不是——葛夜本該這麼回答，然而就像先前她因為一時衝動對女侍者說謊般，她在回話前憶起孟龍潭凝視清夜的眼神，那毫無疑問是愛慕者注視心中女神的目光。

於是葛夜再一次改口，對著孟龍潭點下頭說出第二個謊言。

她憑藉一個謊言獲得銀懷錶，再靠另一個謊言取得孟龍潭的愛，而後又吐出第三、第四、第五……大大小小的謊言換取與心上人共遊、交談的機會。

葛夜不是沒質疑過自己的做法，但是每次她想停止說謊，不再以虛假的身分與孟龍潭接觸時，對孟龍潭的愛慕以及可能失去對方的恐懼，就會讓她編織新的謊言。

如同所有慣性說謊者一般，葛夜的謊言累積成一把尖銳的長槍，反過來刺穿她的心。

「我下週返臺，但我買了兩張船票。」

「如果我有這個榮幸，請妳到我居住的旅店；如果我沒有，就請妳託人將懷錶送回旅店。」

「請給我一個機會。」

孟龍潭在回臺前夕，對葛夜說出這等同求婚的請求，戰戰兢兢的交付懷錶後離去。

葛夜握著銀懷錶，她高興到渾身發抖，可也恐懼到全身發寒，高興的是因為自己的愛情結出果實，恐懼的是假如孟龍潭知道自己的身分——兩人朝夕相處下她一定會露餡，這得來不易的果實肯定會馬上化為爛泥。

且除此之外，若是她走了，清夜該怎麼辦？她不能將妹妹獨自留在置屋，一個人面對貪婪的顧客、笑裡藏刀的同行。

想去赴約，但不能去赴約。

不打算去赴約，可又渴望去赴約。

兩個選擇、兩種情緒在葛夜心中拉扯，她白天走神失魂，夜晚輾轉難眠，如此煎熬了整整六日後，她終於按捺不住翻騰的情緒，抓著懷錶奔出置屋。

葛夜朝孟龍潭居住的旅店跑去，一路上她的心跳得快跌出胸口，衣服與頭髮也因為狂奔而凌亂，但是她不在乎，她一心只想見孟龍潭。

然而回應葛夜豁命奔跑的，卻是殘酷的景象。

▼※▲▼※▲▼※▲▼※▲

「……全都燒光了。」

葛夜握著腰間的銀懷錶，低著頭輕聲道：「我們約好要交付回答的旅店，在我做出決定的前一晚被醉漢縱火，雖然沒有人傷亡，但店卻燒得連根木頭都不剩。」

胡媚兒瞪大雙眼，愣了好一會才道：「那個、那個就算店沒了，只要人沒事就沒關係吧！只要葛夜姐找到龍潭先生……」

「我沒去找秧田先生。」葛夜抬起頭，眼中閃爍著淚光：「我看著焦黑的旅店遺址，突然領悟到這是上天對我的懲罰，神明藉由火災告訴我，像我這種自私、卑鄙、滿口謊話的壞女人，配不上溫柔正直的秧田先生。」

「葛夜姐才不是壞女人！雖然我們認識不久，但是我很清楚，妳是能幹、聰明還很善良的好人！」

「小媚，謝謝妳，不過我說的是事實。」

葛夜笑了笑，但是笑容中沒有喜悅，只有濃濃的哀傷。

她帶著這種笑容轉向蒲松雅，慎重的彎腰行土下座道：「我在知道你們是秧田先生的友人後，因為不想讓秧田先生發現我的謊話，所以明明想起自己是墜入畫中的人，卻沒向你與小媚坦白，請原諒我。」

蒲松雅道：「妳用不著向我道歉，只要告訴我妳當初和孟龍潭約好見面的旅店叫什麼名字就好。」

「那間旅店的名字是『清川』，是間蓋在鴨川河畔的小店。」

蒲松雅點點頭，思索片刻後開口問：「葛夜小姐，方便告訴我妳和孟龍潭相遇時的歲數，以及妳在現實世界中的年齡嗎？」

「這個問題可不該問女人喔。」

葛夜眨眨眼開玩笑，再認真回答：「我遇到秧田先生時是十九歲，而現在……已經八十五歲，是個老奶奶了呢。」

「十九和八十五……」

蒲松雅喃喃自語，起身朝胡媚兒使眼色，暗示狐仙跟自己來。

胡媚兒乖乖跟著蒲松雅走，兩人一同遠離朱孝廉與葛夜，到房間角落的屏風後方。

蒲松雅朝屏風外瞄一眼，確認周圍沒有閒雜人等後才問：「胡媚兒，這個法術連死人都能抓進來嗎？」

「不能，這個法術只會捕捉身覆陽氣之人，死人身上只有陰氣，法術對陰氣不會起反應。」胡媚兒回答，卻看到蒲松雅的臉色轉青，她歪著頭困惑的問：「松雅先生你怎麼了？」

蒲松雅面露難色，停頓片刻後低聲道：「聽好了，冷靜、安靜、平靜的聽我說……我想葛夜應該過世很久了。」

胡媚兒沉默兩秒，接著倒抽一口氣大喊：「松雅先生你開什……嗚！」

「我不是要妳安靜的聽嗎！」

蒲松雅壓住胡媚兒的口，緊張的往屏風外張望，確定葛夜沒注意到這邊後，才放開狐仙的嘴巴道：「我是以年齡推算。孟龍潭留日時差不多是二十五到三十歲，而他今年已經一百零一歲了，那麼他大概是七十一到七十六年前前往日本；而葛夜說她和孟龍潭相遇時是十九歲，目前年齡是八十五歲，但十九加七十一是九十……也就是說，她如果還活著，今年應該超過九十歲了。」

胡媚兒睜大雙眼，面色凝重的盯著蒲松雅，沉默許久才開口道：「這個法術不會吞噬亡者，這點我能百分百保證。不過如果術者在編織法術時，就將亡者直接編入術中，那麼法術中就會出現亡者。」

「妳覺得術者有這樣做嗎？」

「我還沒解析到那麼深入的部分，不確定有沒有……」

胡媚兒的話聲轉弱，皺眉思索片刻才道：「但是這個法術是靠陰之力運作，會拿亡者來做材料也不奇怪，而這也能解釋我為什麼一直以為葛夜姐是因法術所生的人，因為她本來就是法術的建構要件。」

「我覺得她被拉入畫中的原因，不只有當材料這麼簡單。」蒲松雅斜眼窺視屏風之外的美麗女老闆道：「這幅畫是孟龍潭所繪，畫中的世界也是以他最懷念與遺憾的時代所建，裡頭還塞著他死很久的初戀情人，怎麼想都是某人刻意為之的結果。」

「刻意為之?什麼意思?」

「我也不知道。為以防萬一，在找出術者將葛夜編進法術的理由之前，別讓她和孟龍潭見面。」

「欸欸！但是葛夜姐一定很想見龍潭先生，龍潭先生也肯定在找葛夜姐吧？不讓他們見面太殘忍了！」

「等我們弄清楚術者的企圖，再讓他們見面不就得了？」

「但是……」

「沒、有、但、是！」蒲松雅厲聲強調，直視胡媚兒的雙眼嚴肅道：「這個法術是靠達成墜入者的願望，來取得墜入者的陽氣吧？假如孟龍潭的願望是和戀人再度相遇，而葛夜本人與我們所處的假京都全是為此而生，妳想當他達成願望時，這個法術會索取多大的代價？」

胡媚兒垮下肩膀，但仍不放棄的道：「如果我切斷龍潭先生和法術的聯繫，法術就沒辦法偷走龍潭先生的氣了啊！」

「那就在妳切斷聯繫後，再讓他們兩人見面。」

「我當然會這麼做，只是……」胡媚兒看看屏風外，雙眉緊鎖不安道：「你要怎麼說服葛夜姐，要她不和龍潭先生見面？」

「這是我們目前最不需要擔心的事。」

「什麼意思？」

蒲松雅沒有回答，他轉身走出屏風回到葛夜與朱孝廉面前，一面入座一面道：「葛夜小姐，我打算明天一早就去清川旅館找孟龍潭，能請妳帶路嗎？」

葛夜微微張口，停頓幾秒後才低聲道：「當然可以，這是我應該做的。」

「謝謝。不過我有個不情之請，在找到人後，可否請妳暫時迴避，讓我和胡媚兒先與孟龍潭談談嗎？」

蒲松雅在葛夜臉上瞧見驚訝與困惑，他擺出笑臉主動解釋道：「孟龍潭和孝廉一樣受到法術的束縛，所以我們得先將他從法術中剝離。」

「那是當然的……」

「然後，如果葛夜小姐不介意，我和胡媚兒想幫妳探孟龍潭的口風，確定他現在的心情以及對妳的觀感後，再安排兩位見面。」

葛夜的雙眼睜大，在理解蒲松雅如此安排的原因是顧慮到自己的愧疚與恐懼後，抖著聲音問：「可、可以嗎？麻煩蒲先生和小媚做這種事……」

「請務必麻煩我們做，這是我們對這幾日叨擾的謝禮。」

蒲松雅伸出手問：「妳願意委託我們和孟龍潭交涉嗎？」

葛夜看著伸向自己的手，握住那隻手，深深低下頭回答：「萬事拜託了。」

蒲松雅反握葛夜，眼角餘光瞄到胡媚兒氣沖沖的瞪著自己，轉過頭以脣形無聲的問：幹什麼？

胡媚兒指著蒲松雅，以同樣的方式無聲回答：松雅先生又在騙人！每次都笑著說謊！

蒲松雅動著嘴脣回答：要妳管！

隨即，他轉開頭拋下忿忿不平的狐仙，將思緒拉到明日的尋人行動上。

如果一切順利的話，明天就能離開這幅鬼畫——蒲松雅這麼告訴自己，不過這個本該令人振奮精神的念頭，卻沒讓他感到欣喜或放鬆，反而隱隱約約感到不安。

我有遺漏或忽略了什麼嗎？蒲松雅問著自己，可惜直至當晚眾人闔眼睡覺為止，他都沒找出答案。

▼※▲▼※▲▼※▲▼※▲

第二天太陽一升起，蒲松雅等人就離開朱御院，乘坐金箔牛車前往鴨川河畔的清川旅館。與他們同行的有牛車車夫、騎馬護衛、步行奴僕、開路儀仗、後衛武士……總共七十多名隨從與侍者，排成一條以牛車為中心的綿長隊伍。

蒲松雅掀起牛車的竹簾車窗往外看，視線穿過兩名騎馬護衛、三名僕人與一名武士才看到樓房，他皺皺眉忍不住道：「孝廉，我們只是去找人，你帶這麼多人弄得像皇帝出巡一樣也太誇張了。」

朱孝廉縮著肩膀，半抱怨半解釋的道：「店長你就讓我爽最後一次嘛……等我們離開這裡之後，不要說護衛了，我連一個能在假日挽著我的手，和我一起看電影、逛夜店女孩子都找不到呢！」

「電影和夜店？」胡媚兒探頭道：「孝廉要是找不到人陪，我可以陪你去啊！你想看什麼片、逛哪間夜店？」

「欸！小媚妳願意陪我嗎？那除了電影院和夜店外，我們再多去吃午餐早餐晚餐，再到遊樂園和旅……」

「你在擬三天兩夜的旅遊行程嗎？」

蒲松雅以手刀敲斷朱孝廉的如意算盤，視線偶然掃過自家工讀生的右側，也就是葛夜所坐的位置。

葛夜安安靜靜的跪坐在墊子上，低垂的臉上不見情緒，交疊的手指稍稍縮起，整個人藏在陰影之中。

蒲松雅從葛夜的身上嗅到濃濃的不安，但卻不知道該怎麼安慰對方而正感到頭痛時，胡媚兒突然跳起來扒在車窗邊大喊：「葛夜姐妳看妳看，那是什麼東西？」

葛夜愣了一會才靠過去問：「什麼什麼東西？」

「就是剛剛經過的東西，在……從那裡過來了！那個穿黑色風衣，看起來很涼快的人。」胡媚兒將手伸出車窗，指著由後方靠近牛車的男子。

「過來是……」

葛夜倒抽一口氣，扣住胡媚兒的手臂把人往內拉，「小、小媚快把眼睛閉起來！那種東西不能看，那實在是……太下流、無禮了！」

「為什麼不能看？」

「因為、因為……」葛夜拉不動胡媚兒，只能直接遮住對方的雙眼大喊：「他的風衣裡面沒有穿衣服啊！」

「誰？誰沒有穿衣服！」朱孝廉也擠到窗邊，盯著從車窗外溜鳥而過的乾癟老翁，哀號一聲壓著雙眼倒回車廂內。

蒲松雅退後躲開朱孝廉，挪到車廂另一端看三人紅著或白著臉打鬧，暗自鬆了一口氣，撥開肩膀旁的車窗簾注視外頭。他和一名侍衛對上眼，本能的別開眼睛看向胡媚兒三人所在的窗子，卻又和窗外的武士四目相對。

蒲松雅愣住，他看著武士自行將頭轉回正面，自己則持續盯著窗戶，隔不到兩分鐘就又和一名隨從視線交錯。

他的背脊湧現寒意，腦中快速浮現各種情報與分析，最後導出最糟糕的結論。

蒲松雅離開車窗邊，安安靜靜的移動到對面，抓住胡媚兒與朱孝廉的肩膀，一口氣把兩個人拉離窗邊，被狐仙掀開的竹簾車窗也因此落下。

「蒲先生？」葛夜問。

「店長！」

「松雅先生，你做什……」

「安靜，我們被盯上了。」蒲松雅用氣音警告，同時以眼神制止三人喊叫，維持最低音量道：「牛車外的護衛從剛剛就一直在監視我們，我們可能被護法發現了。」

胡媚兒皺眉問：「怎麼會！我又沒有做出錯誤干涉法術的事，不可能被發現啊！」

「妳沒有，我有。」

蒲松雅舉起手，晃晃手中裝有石頭的束口包——他砸上癮的隨身武器。他解釋道：「我在解除孝廉與法術的聯繫時，沒用妳準備好的符，而是直接把人揍醒。」

「為什麼沒有用！我不是說過一定要用符來解除法術的干涉嗎！」胡媚兒驚愕的問。

「因為當時這傢伙太欠揍了，我一時忍不住就揍下去，而且揍完他也沒什麼異狀，所以就沒提起這件事。」

「店長我哪沒有異狀啊，我光是昨晚就流鼻血流三次耶！」朱孝廉垮下肩膀抗議，鼻孔再次滴出血來。

葛夜趕緊拿手帕幫朱孝廉止血，壓著對方的鼻梁問：「被護法發現會怎麼樣？」

「他們會試圖抓住我們，然後把我們的陽氣榨乾。」

胡媚兒話一說完，就瞧見朱孝廉與葛夜的臉色瞬間轉青，趕緊搖晃雙手道：「沒關係，只要別被護法抓到就好，大家不用過度恐慌。」

「但是我們已經被那個叫護法的盯上了吧？要怎麼不被抓到！」朱孝廉抓著頭髮問。

「只要我們……」胡媚兒停頓幾秒，轉頭蒲松雅問：「只要我們有松雅先生，就一定能想出不被抓到的辦法！對吧，松雅先生？」

「妳這個……罷了。」

蒲松雅的肩膀歪向一邊，放棄罵人，認命的問：「胡媚兒，之前我們偷拍賈道識時使用的隱身符，妳有帶在身上嗎？這種符能不能騙過護法？」

「我是有帶，但那是針對人類的符，利用視覺干涉與打散注意力讓人類無法發現我們，而護法主要是靠氣息探查外界，隱身符對他們的作用不大。」

胡媚兒停頓一會，拍手道：「不過我自創的『擬氣符』應該能瞞過護法，這符會將使用者的氣息與周圍人物的氣息同調，進而騙過靠氣息辨人的仙妖或護法。」

「和周圍人的氣息同調……」蒲松雅重複這幾個字，思索片刻後繼續問：「妳身上有能製造混亂，產生強光、暴風、巨響之類效果的符咒嗎？」

「炫雷符可以製造強光，疾風符會招來強風，爆焰符能製造光和爆音。」

「我或孝廉能使用這三種符嗎？還是說只有妳有辦法發動？」

「炫雷符和疾風符只要我事前注入靈力，就算是松雅先生或孝廉這種普通人也能發動。爆焰符因為咒文構成比較複雜，威力上也勝過前面兩者，所以沒辦法讓未修行的人使用。」

「足夠了，給我和孝廉兩種符各三張，然後妳準備好『擬氣符』。」

蒲松雅做出指示，從胡媚兒手中接過黃符後，招手要所有人靠過來道：「我們待會先假借孝廉肚子痛下車找廁所，然後視情況溜進人群或店家中，找機會引發混亂後靠擬氣符逃走。有人有問題嗎？」

葛夜抓住蒲松雅的手臂問：「等一下，若我們逃走的話，秧田先生要怎麼辦？不去救他了嗎！」

「還是要去，但不是現在，現在去太危險了。」

蒲松雅右手拿起束口包，左手放上車廂後方的門簾，面色凝重的環顧眾人道：「我數到一就掀起簾子，你們可要好好演戲，別穿幫了。」

胡媚兒、朱孝廉和葛夜同時嚥口水，點點頭，看著蒲松雅以脣形倒數，三、二、一……

掀簾！

「孝廉你這個大、白、痴！」

蒲松雅高聲大喊，一面下車一面抱怨道：「肚子痛也不講，一個人抱著身體窩在角落是在忍什麼？等痛痛自動飛走嗎？你是哪來的幼稚園生啊！」

「店、店長你也說得太過分了吧！」朱孝廉真心誠意的抗議，壓著肚子爬下牛車。

「閉嘴！快點找間廁所或能解放的地方，把你自己塞進去。」

蒲松雅瞪朱孝廉一眼，左右張望假裝在尋找借廁所的地方，實際上卻是在觀察侍衛與奴僕的反應。

包圍牛車的騎士、武士、僕人和前後儀仗隊靜靜的站在原地，沒有移動甚至沒轉頭，彷彿剛剛的三次窺視只是蒲松雅的幻覺。

胡媚兒與葛夜在蒲松雅觀察左右時下車，四個人以蒲松雅為首，朱孝廉與葛夜中段，胡媚兒殿後的隊形，穿過侍從組成的人牆，朝牛車後方的街道走去。

由咖啡廳、茶房、小餐館等商店組成的街道上行人眾多，男女老幼在店內與人行道上漫步或休息，整條街上洋溢著悠哉愉快的氣息。

蒲松雅走在行人之間，他透過商店的玻璃櫥窗窺視後方，四個人身後有男人、有女人、有小孩、也有老頭，但不見朱孝廉帶出城堡的護衛隊。

也許能順利溜走……蒲松雅在心中低語，視線掃過斜前方的房舍，定在一間接近客滿的西餐廳上。

他回頭向其他人使一個眼色，帶著眾人穿越馬路來到餐館前，扭開掛著銅鈴鐺的店門，一腳跨過門檻踏進店內。

而蒲松雅在踏進西餐廳的第一秒，就發現自己被設計了。

西餐廳坐滿身穿黑袍的少年與白袍的少女，少年與少女在蒲松雅開門的同時轉頭往門口看，眼中沒有情緒與溫度，只有發現獵物後的專注。

「店長怎麼……哇啊！」朱孝廉將頭伸進西餐廳內，盯著滿屋子的少年少女大喊：「這這這是怎麼回事？Cosplay 大會？」

「是護法！」

蒲松雅用肩膀將朱孝廉撞出西餐廳，同時後退將門大力關上，即時擋住店內護法射出的黑白羽箭。

然而，護法不只存在於西餐廳中，蒲松雅一關上門，眼角餘光就瞄到一片黑白色塊，轉頭一看赫然發現整條街上的人都被代換成少年少女。

「大家小心！」

胡媚兒尖聲吶喊，朝蒲松雅與自己的後方擲出爆焰符，符咒掠過眾人的頭頂貼上護法的臉與身體，於眨眼間膨脹、發光、爆炸吐起火舌。

蒲松雅在火光中轉身，他拍上朱孝廉與葛夜的肩膀，把兩人拍醒後推著人大喊：「後退！跟緊胡媚兒！」

朱孝廉與葛夜急急忙忙往前衝，追著胡媚兒往回跑，看著狐仙一路炸掉、踢翻、劈倒護法與一切障礙物，將繁華的街道蹂躪成斷垣殘壁。

他們很快就退到能看見牛車的地方，牛車周圍的護衛與奴僕瞧見四人來到，立刻抽出腰間的武士刀、手槍或長棍，對準逃向自己的主人。

「礙事的傢伙滾開！」

胡媚兒殺氣騰騰的怒吼，從懷中掏出一把符，將黃符揉成球扔向牛車喊道：「天火雷神，地火雷神，五雷降靈，鎖鬼關精，急急如律令！」

黃符球在胡媚兒唸完咒語的同一刻擊中牛車的車頂，符球瞬間散開，藍色的電光從天空與地面竄出打上黃符，交織出鋪天蓋地的雷網爆破牛車與護衛。

但不知是不是法術本身召喚護法的力量不足，在粉碎的牛車與護衛之後，眼前僅見只有普通路人的大街，這給四人帶來希望與力氣，更賣力的往前快奔。

可惜，正如同所有有逃命橋段的故事般，總是會有人中途跌倒。

「啊！」

葛夜一個不小心踩到木條，重心不穩的往前跌，正面撞上冷硬的馬路。

蒲松雅彎腰拉起葛夜，推著女老闆的背幫助對方往前跑，卻因此忘記戒備後方。

一名護法撲向蒲松雅，雖被對方閃過，但下一名護法立刻準確的抱住蒲松雅的腰，大力將人往後拖。

「蒲先生！」葛夜尖叫著轉頭，伸手想和護法搶人，卻被蒲松雅拍開手。

「別管我！」蒲松雅厲聲下令，他抓住一名竄向葛夜的護法，用自己的身體攔住追兵並大吼：「快走，和胡媚兒一起逃到安全的地方！」

胡媚兒聽見蒲松雅的叫聲，一回頭就瞧見對方的腰、右手和左腿上各掛或拎著一名護法，馬上轉身想援助朋友。

「繼續前進！」蒲松雅吼住胡媚兒的步伐，扭腰甩手將束口包扔向左側護法的臉上，妨礙對方的視線與前進。

「松雅先……」

「快走！保護好妳自己和葛夜！」

蒲松雅厲聲吶喊，從外套內抓出身上所有的符咒，以眼神暗示胡媚兒自己的打算。

胡媚兒咬牙注視蒲松雅幾秒，萬般不甘願的抓住葛夜與朱孝廉的手，帶著兩人跨過烤熟的牛與燒焦的牛車，奔向不見護法的街弄。

蒲松雅在朋友們踏進街弄，而護法們湧過自己身旁的同時，使出全身力量將符咒拍向馬路。奔騰的雷光與旋轉的狂風瞬間以蒲松雅為中心釋放，抓住他的護法被吹散，較遠的護法也受雷與風的波及，跌倒或停下腳步防禦。

蒲松雅自己也因為雷光和旋風而摔倒，在地上翻滾數圈後撞上柱子才停了下來，渾身發疼的躺在碎木堆上。

「痛啊……」

蒲松雅扶著腰桿坐起來，轉頭看向胡媚兒等人的方向，該處依舊人來人往，但人群間不見狐仙與另外兩人的身影，只有普通行人與左右張望的護法。

——成功逃掉了！

蒲松雅暗自鬆了一口氣，遙望同伴奔逃的方向，直到被護法敲暈失去意識。

第八章

思念那人的心

大雨拍打青色的屋瓦，敲響髒汙褪色的瓦片，再穿過縫隙滴入屋內，滴溼裡頭發霉的榻榻米。

此處是遠離熱鬧市街的空屋，胡媚兒、朱孝廉和葛夜在混入人群、使用擬氣符甩開護法後，便躲入這間殘破的平房，並且在周圍設下掩蔽用的符以躲避敵人。

不過，雖然三人是一起進屋，但此刻屋內只有胡媚兒與朱孝廉兩人。

葛夜為了了解外頭的情況，兩個多小時前就攜帶護身符咒離開小屋，上街探查情報。

這原本是朱孝廉想擔任的工作，不過他仍處於氣虛狀態，外加對周圍的街道地形也一無所知——他自從掉入壁畫世界後就一直窩在城堡內，所以最後還是由葛夜負責打探。

而在葛夜出發沒多久，天空就被厚重的雲朵包圍，雲層遮蔽午後的豔陽，斗大的雨珠打響萬物，包圍破空屋。

「哇啊，又被水滴到了！」

朱孝廉一面抱怨、一面遮著頭後退，仰望不斷以水滴偷襲自己的屋頂道：「雖然躲進來前就知道這是間破屋，但破成這樣也太……啊啊這麼破又不能用許願的方式修房子，真是太令人痛苦了！小媚妳說是吧？」

「嗯。」

胡媚兒應聲，她雙手抱膝靠坐在破洞的紙拉門邊，小臉上不見昔日的活力，陰沉如戴上黑面紗的人。

一滴水從屋頂落到胡媚兒頭上，然而她沒有抹去水珠，甚至沒有挪動身體，任由第二、第三、第四滴水珠落下。

朱孝廉看著水滴從胡媚兒的額頭滑下，好心的開口道：「小媚妳換一下位子吧，要不然會一直被滴到。」

「嗯。」

「我這邊還有空位，妳可以挪過來。」

「嗯。」

「小媚妳有聽到我說的話嗎？」

「嗯。」

「……小媚當我的女朋友吧！」

「嗯。」

朱孝廉直直盯著胡媚兒，沉默數秒後雙手抱頭跳起來吶喊：「為什麼為什麼為什麼！為什麼我明明聽到夢寐以求的回答，卻一點點一絲絲一分分都高興不起來啊！」

「嗯。」

「小媚妳對、妳對店長，對那個毒舌、暴力、奸詐、沒愛心的無敵寵物控就那麼著迷嗎！只要他不在妳就變成這樣……蒲松雅那個男人有這麼令妳著迷嗎？」

胡媚兒因「蒲松雅」三個字而抬起頭注視朱孝廉，明媚大眼迅速聚集淚水，猛然吸一下鼻子埋頭大哭道：「小金、小花、小黑、師伯大人對不起！胡媚兒沒有保護好松雅先生，胡媚兒是沒有用的笨狐狸！」

朱孝廉嚇一大跳，爬起來跑到胡媚兒面前，慌慌張張的揮手道：「小媚妳別哭啊！妳已經做得很好了，要不是有妳，我們全員都會被護法抓走啊！」

「但是松雅先生被抓走了嗚嗚嗚嗚——」

「店長被抓走是很大的損失沒錯，但那也不是小媚的錯，而且往好處想，還好被抓走的人是店長，店長是我們之中最精明奸巧的人，他一定會想辦法逃出來的。」

「不對、不對、不對！松雅先生被抓才不好，完全、完全、完全不好！」

胡媚兒用力搖頭，雙手抓緊肩膀悲憤道：「我、孝廉和葛夜姐都可以被抓，但就是松雅先生絕對不能被抓啊！我當時應該殺回去把人搶回來，為什麼要聽松雅先生的命令逃跑啊！那是本能反應？習慣動作？不管是哪個，我都是隻白痴大笨狐！」

「小媚妳把店長看得那麼重嗎！」

「當然！松雅先生是我的恩人和重要的朋友，而且還是千年才有一人的兩……」

胡媚兒停下話語，和朱孝廉大眼瞪小眼一陣後，轉身用額頭撞柱子。

朱孝廉倒抽一口氣，伸手拉住胡媚兒急道：「小媚妳冷靜一……房子、房子會被妳撞垮啊！」

「說出來了說出來了說出來了！我不只讓松雅先生被抓走，還把師伯大人交代絕對不能說出去的事說出來了啊！」

「欸？什麼絕對不能說？」

「松雅先生擁有千年難得一見的珍稀能力，這件事如果說出去，仙妖魔界的人統統會覬覦他，所以絕對不能講，更要嚴防松雅先生落入宵小手中。」胡媚兒回答，接著臉色發青摀住嘴，瞪著朱孝廉渾身打顫。

朱孝廉也被胡媚兒的坦白嚇到，停頓片刻才回神，抓抓頭尷尬的道：「剛剛的話……傳出去會引來很糟糕的東西吧？我懂了，我會保密，不會告訴任何人。」

胡媚兒微微睜大眼，放下摀住嘴的手，轉而握住朱孝廉的雙手，感激的道：「真的嗎？就算是至親摯友、師父老闆、松雅先生本人問你，你都不會說出去？」

「當然，就算是我未來的女友或老婆問，我也不會透漏一個字。」

「太好了！這樣我就不用殺掉孝廉了，師伯大人原本告訴我，如果我不小心洩漏給別人，就必須用刀子讓對方閉嘴。」

「我我我我絕對不會洩漏死都不會所以不要對我動刀子！」

朱孝廉驚聲尖叫，看著胡媚兒笑咪咪的承諾會留他一命後，才鬆一口氣坐下來道：「不過小媚啊，妳剛剛說對店長本人也不能講，所以店長不知道自己很稀有嗎？」

胡媚兒點頭道：「不知道。事實上，我也是在上次松雅先生中彈後，才從師伯大人口中知道這件事，在那之前，師伯大人只命令我要保護好松雅先生，不能讓壞人對他出手。」

朱孝廉提出自己的疑問：「如果有某人可能針對店長，那麼直接告訴他不是比較安全？店長的腦袋那麼好，說不定還能事前揪出凶手。」

「我當時也有問過師伯大人，但是師伯大人說這樣更危險。」

胡媚兒垂下肩膀，雙眉緊皺頭痛的道：「因為……怎麼說呢？松雅先生的能力是只要他有需求就會自行發動，且發動次數越多，能力就會越來越強，最後成長到可能會被天庭下令封印的地步。」

「我聽不太懂……總之，因為告訴店長會讓店長更危險，所以不能講，只能在旁邊偷偷保護他，是這樣嗎？」

「是的。」

「那我大概了解了。」朱孝廉點點頭，不過他腦中又冒出新問題，立刻開口問：「對了，小媚，妳口中的『師伯』是？」

「師父的師兄。」

「我知道師伯是師父的師兄，我是想問他是誰？我有見過嗎？」

「……師伯大人有交代，假如我告訴第三者他是我的師伯，他就會讓我和第三者一起魂飛魄散。」

「請不要告訴我謝謝。」朱孝廉認真請求。

「我絕對不會。」胡媚兒回答，她將臉埋入腿間，貼著裙子的布料低聲道：「我太失職了，明明只有道法和打架厲害，卻還是讓護法把松雅先生抓走了……我應該打包回府洞，從頭修煉。」

「府洞？那是魔法少女的根據地嗎？」

「府洞是我修……」

「小媚、孝廉，我回來了。」

葛夜的聲音打斷胡媚兒的回答，她撐著雨傘拉開潮溼破洞的紙拉門，一面收傘、一面環顧小屋問：「你們這邊有新發現或新狀況嗎？」

「我剛剛發現……」朱孝廉在自己吐出會被滅口的話之前，緊急咬舌猛道：「沒有！我什麼都沒發現，也什麼都沒聽到，這裡什麼狀況都沒有！」

「真的沒狀況？你看起來很慌張。」葛夜問。

「真真真的沒狀況也沒發現！」朱孝廉高聲掩蓋自己的心虛，迅速轉移話題問：「葛夜姐，外面的情況如何？妳有碰到護法嗎？」

「沒有，虧我還向小媚要了一堆護身的符咒。」

葛夜聳聳肩膀，坐正身體收起輕鬆道：「小媚、孝廉，我有一個好消息、一個壞消息，和一個不好也不壞的消息，你們想先聽哪個？」

「好消息！」

「壞消息！」

朱孝廉與胡媚兒同時說出相反的話，兩人對看一眼，再一同交換選擇——

「壞消息！」

「好消息！」

葛夜被兩人的反應嚇到，停頓幾秒才笑道：「我先說好消息和壞消息好了，好消息是街上沒有護法，也沒看到巡邏的警察或通緝告示，一切如常，沒有異狀。」

朱孝廉眼睛一亮，前傾身子期待的問：「護法放過我們了嗎？那我可不可以許願把這間屋子變宮殿？」

「孝廉你要是再許願，出去後可能會因為陽氣過低，造成很不好的影響喔。」胡媚兒在提醒的同時，伸直食指再慢慢彎下，隱晦又直接的暗示「影響」是什麼。

朱孝廉臉上的喜悅瞬間消失，他青著臉坐回原位，雙手慎重的壓在重要部位上。

葛夜被兩人的互動逗笑，不過她臉上的笑容很快就散去，微微垂下頭道：「壞消息是……我去了我與秧田先生約定的旅館一趟，旅館老闆說秧田先生今天早上就退房了，而且沒有留下聯絡方式。」

「退、退房？」胡媚兒的聲音拔尖，一臉錯愕的問：「怎麼會退房？是他船期到了要回臺灣嗎？」

「我想應該不是，這裡是心想事成的世界，我覺得……我猜想，秧田先生應該會希望自己能一直等待清夜。」葛夜的手指微微收緊，難掩不安道：「會不會是護法把秧田先生帶走了？它們可能想拿秧田先生和蒲先生作餌，將我們一網打盡。」

朱孝廉偏頭問：「餌？要拿餌抓人的話，得把餌放在對方看得到的地方吧？但是我們又不知道店長和孟爺爺在哪裡。」

「我不知道秧田先生在哪，但知道蒲先生被帶到哪。」

葛夜看向朱孝廉道：「我問過我們昨天下車地點的商家，他們告訴我，蒲先生被帶到朱御院。」

胡媚兒突然站起來，跨過朱孝廉與葛夜身邊，一把拉開半掩的紙拉門。

葛夜愣住一秒，趕緊伸手扣住胡媚兒問：「小媚，妳要上哪去？」

「去松雅先生在的地方。」胡媚兒低頭回答，她的臉上不見昔日小狗般的可愛笑靨，只有凝固的憤怒，「保護松雅先生是我的責任，葛夜姐和孝廉請留在這邊，我一個人去就可以了。」

朱孝廉跳起來拍胸大喊：「那怎麼行！小媚要去救人的話，我也要一起去，店長是我重要的金錢來源，我也必須保護他！」

胡媚兒搖搖頭道：「不行，孝廉不能來，我接下來是要直接闖入敵陣中，你沒有能力自保，而我也沒有餘力保護你。」

「沒、沒能力自保？別看我這個樣子，我國小時也有練過跆拳道，雖然我在拿到腰帶前就離開教室了……」

「就算孝廉是跆拳道黑帶，我也不會讓你跟我走，因為孝廉太容易被美女騙，不能帶你去那種充滿誘惑的地方。」

「我在小媚心中是那麼好色好騙的人嗎！」

「是的。」胡媚兒毫不遲疑的點頭。

朱孝廉連退兩步，望著胡媚兒片刻後仰天長嘯，抱著胸口跪倒在榻榻米上。

葛夜輕拍朱孝廉的背脊作安慰，抬起頭看向胡媚兒道：「小媚，我知道妳很擔心朋友，但是我也不贊成妳一個人闖進朱御院，對方之所以沒有派出追兵，還讓我們輕易問到蒲先生被送到哪裡，肯定是要引我們過去，這是陷阱啊！」

胡媚兒雙手扠腰道：「我知道這是陷阱，面對陰謀陷阱時，智取為上。但像小媚這種腦袋不如肌肉發達的人，就別勉強自己智取，直接以絕對的武力輾壓即可——我的二師兄是這麼教導我的！」

「小媚的師兄說話真直接……」葛夜乾笑著低語。她站起來將手搭上胡媚兒的肩頭，直視狐仙的雙眼道：「如果小媚不擅長智取，那智取的工作就交給我和孝廉，大家一起花點時間好好想一想，總能想出個可用的計畫。」

「花時間……」胡媚兒蹙起柳眉，兩手握拳搖頭道：「我們已經花太多時間了，松雅先生早上被抓走，現在都已經快黃昏了，再拖延下去松雅先生會有危險。」

「不過，萬一妳因為貿然行動失敗了，我、孝廉和蒲先生要怎麼辦？」

「呃……」

「還是先訂好計畫，再三人一起合力救出蒲先生。」

葛夜的手往下滑，握住胡媚兒的拳頭微笑道：「我覺得妳不用擔心蒲先生，對方既然想拿他當餌，就不會做出危及他性命的事。而且，雖然我認識妳老公不久，但根據這幾天相處的經驗，我覺得他不是會輕易被迷惑的人。」

「葛夜姐說得沒錯，店長是我們之中最難騙的一個。」朱孝廉從地上爬起來附和，拍拍胡媚兒的背道：「只要對方別派出毛茸茸大軍，就沒東西能動搖店長，所以小媚妳就安心的坐下來，討論好攻略再去打大魔王。」

胡媚兒本想開口拒絕，但是她想起蒲松雅的聰明與冷靜，掙扎許久後才點下頭。

朱孝廉與葛夜鬆了一口氣，兩人重新坐上榻榻米，你一言我一語的交換彼此的想法、猜測敵人的計畫。

在討論過程中，胡媚兒幾乎沒有發言，她只是靜靜的聽朋友們說話，乍看之下平靜，但細看就會發現狐仙十指緊絞，依舊深陷於自責中。

天上仙佛、地下閻羅、府洞祖師，請保佑松雅先生能平安歸來……否則她就算自毀道行，也無法向師伯與自己交代。

▼※▲▼※▲▼※▲▼※▲

當胡媚兒三人忙著規劃救人行動時，他們的拯救目標——蒲松雅才剛剛脫離昏迷，在夕陽的照耀下悠悠轉醒。

「唔……」

蒲松雅緩慢的張開眼睛，看著貼著自己臉的硬泥地，本能的想爬起來，卻發現自己兩手都被固定在背後，眼前還橫著由粗木組成的木柵欄。他動動被綁在腰上的左右手，再看看前方與左右的木柵欄，腦袋空白幾秒才想起自己身上發生了什麼事。

他為了保護葛夜而被護法抓住，在判定自己掙脫不了後，先趕胡媚兒等人離開，再一口氣使出所有符咒，引發狂風暴雷掩護同伴逃離。

「他們應該有成功溜掉吧？」

蒲松雅喃喃自語，靠腳與腰的力量站了起來，環顧關押自己的空間。

他被關在一間陰涼的監牢中，粗木柵欄隔出走廊與牢房，褐色的硬泥地從蒲松雅的腳下一路展開，石磚牆包圍硬泥地與木柵欄，將被圈禁之人牢牢關住。

靠走廊的石磚牆上方開了幾個窗口，曬醒蒲松雅的陽光就是從該處射入，透過窗口依稀能瞧見白色圍牆與牆邊護衛的鞋子。

蒲松雅盯著圍牆與鞋子，先覺得這兩者莫名眼熟，接著才想起那是朱御院的圍牆，和朱孝廉那票反叛護衛隊的草鞋。

「我被帶到孝廉那傻子的城堡了嗎？」蒲松雅一面自言自語、一面往前，將頭伸出欄杆的縫隙大喊：「胡媚兒、孝廉、葛夜小姐，你們在嗎？」

無人回應蒲松雅的喊叫，他拋出的聲音在石牢內流轉一圈後，化為回聲傳回牢中。

蒲松雅鬆了一口氣，因為假如牢中只有自己一個人，那麼就幾乎能確定其他人已經成功逃脫。

他退回牢房之中，靠著石牆緩緩坐下來，驅動腦袋思考自己收集到的情報。

護法將自己抓回朱御院，但沒有直接賞他一個痛快，反而將人綁起來丟進大牢。而據胡媚兒之前所言，護法將保護法術本體視為最優先的任務，所以它們對他的處置應該不是因為仁慈或善良，只是認為讓俘虜活著對己方比較有利，至於是怎麼有利……

「拿我當誘餌兼肉盾嗎？」蒲松雅低聲呢喃。

他回想眾人奔逃時，胡媚兒一路輾壓、炸毀攔路者的景象，看到那幅慘烈的景象，就算是沒有情緒、不會恐懼的護法，也該知道不能正面對決。除此之外，當時雖然出現許多護法，卻僅限西餐廳所在的那條街，牛車後的大街上就不見護法的身影，由此可推斷護法的數量有上限。

要以有限的力量對付殘暴的敵人，最好的方式是將人引入對己方有利的場地，再搭配各種妨礙敵方與削弱對方的手段，例如拿人質逼對方投降。

思考至此，蒲松雅差不多能在腦中設想護法的戰術：護法不會做出大動作的搜查或追捕，因為此舉會分散力量，就算找到胡媚兒等人，也敵不過狐仙的鐵拳；護法將會散布「蒲松雅在某地」的消息，好將胡媚兒引到該地，動用所有力量擒下漏網之魚。

而面對敵人的如意算盤，己方最好的因應方式是……

「別管我，去找孟龍潭就好了。」蒲松雅自問自答。

面對意圖用餌釣人的敵人，無視餌食是最好的辦法，尤其是困住他們的法術必須靠術眼——孟龍潭——維持，與其冒險跑來救自己，不如直接找出孟龍潭拆法術。

如果能打穿或炸掉迷宮，誰想花時間和精力慢慢走？至少蒲松雅個人是這麼想。

只是這個完美計畫有兩個大困難，第一是胡媚兒這個熱血笨蛋兼愛心過剩的狐仙不可能不管蒲松雅，就算旁人告訴她這是敵方的陷阱，那隻狐狸還是會傻呼呼的衝過來。

第二個困難，是護法們恐怕已經察覺到有人盯上術眼，極有可能將人轉移到其他場所，如此一來就算胡媚兒肯拋下蒲松雅，也無法在旅館見到孟龍潭。

「護法會把孟龍潭送到哪裡呢？」

蒲松雅皺眉思索。不過，在他想出結論前，大牢深處突然傳來沉重的摩擦聲，打斷他的思考。

摩擦聲之後是重疊的腳步聲，蒲松雅直起腰桿看向聲音來源，瞧見六名護法夾著一名穿藍色套裝的女子，走向自己所在的牢房。

蒲松雅的目光定在套裝女子身上，剛覺得對方看起來很眼熟，就想起自己在哪邊見過。

——你拿我的照片當搭訕女孩子的材料？

來者是朱孝廉在藝廊內搭訕過的，還被蒲松雅拿來耍弄自家工讀生的女子。

套裝女子維持與朱孝廉交談時的冰冷表情，在護法的包圍下站在木柵欄前，低下頭靜靜的注視蒲松雅。

蒲松雅也收起表情回望，他本想讓對方先開口，然而等了許久套裝女子都沒有說話，只好自己發問：「妳是誰？」

「……」

「妳為什麼在這裡？」

「……」

「妳和這個法術有什麼關係？」

「……」

「『小倩』是妳的本名嗎？」

「……」

蒲松雅連問四個問題都沒得到回應，吐出的話語像砸向牆壁的彈力球，以同樣的力道飛回自己的頭上，令他煩躁起來不客氣的直問：「妳是啞巴嗎？沒人教過妳說話啊！」

套裝女子的眼瞳微微睜大，紅脣開啟半分再闔起，雖然仍沒回答蒲松雅的話，但至少有了動搖。

蒲松雅沒漏看女子的反應，他眼睛一亮，擺出激怒人的蔑笑問：「怎麼了？被我說中了嗎？不過妳雖然不會說，倒是聽得懂人話，教育妳的人也太半吊子，他應該是無照教師吧？」

套裝女子的眼睛睜得更大，不過也僅此而已，沒有如蒲松雅的願開罵。

沒有想像中好激怒——蒲松雅在心中皺眉，張開嘴正打算說出更惡劣的話時，笑聲突然響遍整間大牢。

「哇哈哈哈哈，我受不了了，這實在是……哈哈哈哈哈！」

清脆的笑聲從女子走來的方向竄出，將牢內的對峙氣氛一舉沖散，更讓女子眼中的憤怒之色消失。

「真是……太精采了，完全沒變嘛哈哈哈！」

摧毀蒲松雅激將法的人從女子右側的陰影中走出，直直朝蒲松雅的牢房前進。

他是一名二十四、五歲左右的青年，灰色短髮的髮尾微微挑起，但沒有凌亂的感覺，反而給人活力充沛的印象；偏尖的瓜子臉配上端正的五官，膚色雖然有點過白，可是無損整體的俊俏；大紅色的燕尾服裹住修長的軀幹，服裝的剪裁與布料都是上上之作，但是掛在胸口作裝飾的，卻是廉價的黑色貓玩偶。

女子與護法低下頭，不需要青年要求，就主動往左右退開，將牢房前的位子讓給對方。

燕尾服青年來到木柵欄前，看著裡頭的蒲松雅笑道：「用這種口氣說話，會被女孩子討厭喔！假如小倩不是個溫柔的女孩，你一定已經被甩巴掌了。」

蒲松雅張開嘴巴，可是沒有發出聲音，只是瞪著燕尾服青年，而貼著石磚牆的手卻在微微打顫。

「欸！你的臉色好差喔，該不會受傷了吧！」

燕尾服青年臉上的微笑消失，他轉頭瞪向護法，在瞧見護法們搖頭後，才收回視線搖晃腦袋道：「沒有受傷臉色卻很糟，那是……冷？貧血？還是過度疲勞？」

套裝女子靠近燕尾服青年，在對方耳邊低聲說了幾句話，青年立刻露出驚訝的表情。

「是被我嚇到？為什麼！你不認得我了嗎？」燕尾服青年指著自己的臉問。

蒲松雅沉默著。他當然認得柵欄外的人，他在警方的資料、徵信社的報告、家族相簿與畢業紀念冊上反覆盯著這人的照片與資料，也在午夜夢迴時一次次夢見同一人，怎麼可能不認得？

然而，他雖然認得臉，卻無法將答案吐出口。因為對方已經消失了，自從六年前那次單方面的爭吵後，那人就奔入夜色再也沒回來。

「不會吧！真的忘了？你的記性什麼時候變這麼差！」燕尾服青年高聲抗議，不顧套裝女子與護法的阻止，打開牢門進入牢房中，蹲在蒲松雅面前問：「你認得我吧？認得而且知道我是誰吧？喊我的名字啊！」

蒲松雅望著燕尾服青年不滿的臉，嘴脣顫抖幾下，以破碎、不確定的聲音問：「芳……阿芳？」

「沒錯，是阿芳。」

燕尾服青年——蒲松芳微微一笑，張開雙臂擁抱自己的雙胞胎哥哥道：「阿雅，好久不見！我好想、好想、超級想你呦！」

蒲松雅沒有回答，他任由蒲松芳摟著自己搖晃，無法做出回應與思考。

胡媚兒、朱孝廉與葛夜心中最不可能被迷惑的蒲松雅，因眼前熟悉的臉、懷念的聲音與貼著皮膚的熱度，陷入深深的迷惑中。

▼※▲▼※▲▼※▲▼※▲

今晚的朱御院為了招待真正的主人，在御寢中擺出盛宴。

御寢的中央放了一張長木桌，桌邊跪著數名侍女忙著將佳餚端上桌。

薄如紙張的生魚片裝在冰雕盤中，陶鍋火鍋坐在炭爐上滾滾冒煙，青色小缽內裝著各色開胃涼拌菜，剛起鍋的天婦羅以紫蘇葉相襯，燉煮的魚塊與蔬菜並肩於碗中……總數將近十五道的佳餚幾乎將桌面整個遮蔽。

除了佳餚與侍者外，這場宴會還準備了表演節目。

歌舞伎演員、樂師與一身漆黑的黑子在舞臺上與舞臺邊，演員身披白無垢扮演渴望愛情的白鷺，樂師於臺下撥弦、敲鼓與吟唱，黑子則守在舞臺角落，準備上場替演員更換服裝。

而有幸享受這場盛宴的，僅有坐在長木桌左右的三男一女。

蒲松芳拿起放在陶盤中的軍艦壽司，先戳戳上頭白皙光滑的食材，再瞪大雙眼問：「哇啊，這是什麼？白白嫩嫩圓滾滾的，摸起來真奇怪！」

「那是白子，河豚的精囊。」

聶小倩——套裝女子回答，她端坐在蒲松芳身邊，不只回答青年的問題，還充當侍女替對方倒酒、遞紙巾。

「精囊？感覺好噁心，該不會很腥吧？」

「廚師有先以炭火處理過，應該不會有腥味，松芳少爺可以安心食用。」

「真的嗎……」蒲松芳挑起右眉，凝視白子壽司幾秒，伸長手臂越過半張桌子，向自己的兄弟要求：「阿雅，幫我試味道。」

蒲松雅注視著指向自己的黑白物體，停頓片刻後前傾身子，張開嘴咬下白子壽司。

蒲松芳盯著哥哥咀嚼，在看到對方嚥下壽司後馬上問：「如何？會腥嗎？」

蒲松雅搖頭，他沒吃到腥味，也沒嚐到酸味、甜味、苦味、辣味或鹹味，事實上此刻的他根本吃不出任何味道。

為什麼？

因為蒲松雅的腦袋被問題塞滿了，無暇處理感官送來的訊息。

你這幾年上哪去了？沒事的話怎麼不聯絡我？你過得好嗎？那晚到底發生什麼事？你和你旁邊的女人是什麼關係……堆積如山的問題將蒲松雅掩埋，不過他最想問的，是此時此刻坐在自己面前，像個孩子般東夾一口、西撈一塊的弟弟，是真的還是假的？

這裡是心想事成的世界，以蒲松雅對蒲松芳思念的程度，就算真的創造出弟弟也不奇怪。然而，假如眼前的蒲松芳是因願望而生，為什麼對方看起來不是十九歲而是二十五歲？且髮型、髮色與衣著也都與蒲松雅記憶中不同？

希望是真的，但又清楚不可能是真的；判斷是假的，可又不願意相信是假的。蒲松雅處在此種矛盾中，失去言語和思考的能力。

「哎呀，阿雅你的碗和筷子怎麼都沒動？」蒲松芳發現蒲松雅的碗筷都放在原位，單手撐頭皺眉問：「不喜歡？沒胃口？不知道該從哪道開始吃？」

「我……」蒲松雅發出單音，凝視蒲松芳的臉許久才問：「你為什麼改穿紅色？」

蒲松芳愣了一會，放下手哈哈大笑道：「什麼啊！你就為了我衣服的顏色，煩惱到吃不下飯嗎？我穿紅色的原因很簡單啊，因為我現在是吸血鬼王子嘛。附帶一提，這個小黑貓代表阿雅。」

「吸血鬼？什麼意思？」

「字面上的意思呦，雖然我吸的不是血、而是氣，但是『食氣鬼』感覺很弱，還是叫吸血鬼比較帥氣。」

蒲松雅的嘴角抽動一下，但是沒有動怒，反而湧起一絲心安。他的弟弟一如往常，總是拿意義不明的話當回答。

這令蒲松雅的大腦稍稍恢復運轉，望向斜對面的聶小倩問：「她是誰？你的女朋友？」

「猜錯了呦～她是小倩，未婚、雙魚座、血型是A型——大概。三圍是七十五、四十五和七十公分，是我重要的夥伴與助手。」

「做什麼的助手？」

「收集和搭訕。」

「收集和搭訕什麼？」

「收集人心，搭訕人類。」

「你收集人心要……」

「停止！」

蒲松芳雙手交叉大喊，滿臉不悅道：「好不容易見到面，卻一直問我知道的事，這太無聊也太不公平了，今天阿雅的發問額度用盡了，接下來禁止提問！」

蒲松雅腦袋空白兩秒，摀上桌子錯愕的道：「怎麼可以！我們隔了那麼多年才見到面，我有一堆……」

「我也有一堆問題想問阿雅啊！」蒲松芳打斷蒲松雅，手指對方的胸口道：「所以接下來換我發問，阿雅等過了午夜，今天變成昨天後才能再問。」

「沒必要等到午夜過後吧！我剛剛問了你五題，那接下來你也問我五題，然後再交換發問。」

「不要，阿雅今天就只能問五個問題，讓你問太多的話，你一定會發現我的計畫，然後就沒有驚喜了。」

什麼計畫、什麼驚喜？蒲松雅想問這個問題，但是他深知弟弟的個性——蒲松芳乍看之下隨和好說話，可是一旦他做出決定，就絕對不會改變。

沒錯，蒲松芳就是如此堅持與固執的人，而六年前的蒲松雅忘了這點，才導致那場使自己痛徹心扉的決裂。

蒲松雅深吸一口氣，按下心中翻騰的情緒道：「我知道了，我會等到午夜過後再發問，現在你想問什麼就問。」

「喔喔，今天是阿雅真心話大放送嗎？太好了，我不會手軟的呦。」

蒲松芳清清嗓子，拿起火鍋的木湯勺充當麥克風，對準蒲松雅的嘴巴問：「第一個問題，阿雅現在在做什麼？」

「秋墳二手租書店的店長。」

「店長！聽起來好偉大的感覺，你怎麼找到這個工作的？」

「不知道，秋墳書店的老闆是個怪人，我至今仍不知道他為什麼雇用我。」

「……他暗戀你？」

「怎麼可能！我的老闆可是男人。」而且還是美得不像男人的男人——蒲松雅沒將後半句話說出口。

蒲松芳搖搖手指道：「阿雅你太天真了，誰說男人就不能暗戀男人？都有人娶抱枕和貓狗為妻了，何況是同種同屬的男性？你要小心被自己的老闆推倒喔！」

「別鬧了！」

蒲松雅裝出動怒的樣子，拿起筷子架扔向蒲松芳。

蒲松芳偏頭閃過筷子架，支著頭微笑問：「對了，阿雅現在住在哪裡？還待在我們小時候一起玩翹翹板的家嗎？」

蒲松雅的肩膀震動一下，轉開眼珠低聲道：「那間屋子已經被法拍了，我現在住在郊區的舊公寓中。」

蒲松芳臉上的笑容迅速僵住，驚訝又不解的問：「為什麼會被法拍？那棟屋子不是唯一沒被騙去當抵押品的屋子嗎？」

「因為我把屋子拿去抵押了。」蒲松雅的手指收緊，壓低著頭，望著黑得發亮的桌面道：「我需要錢……來找你。」

蒲松芳的目光轉沉，看著蒲松雅不發一語。

「……我現在住的公寓有三房兩廳。」蒲松雅的手握得更緊，勉強維持平靜道：「一個房間是我的寢室，一個房間當倉庫和毛小孩的遊樂場，剩下的一個房間是留給你的。」

「……」

「你的東西我全都留著，無論是書、照片、模形、吉他、光碟、電腦、衣服還是海報，我一樣都沒丟，全都好好的留著。」

「……」

「我知道我沒資格這麼說，但是……」蒲松雅緊緊的握拳，再也壓抑不住情緒顫抖的道：「阿芳，回來好嗎？不要再跑到我不知道的地方，別讓我待在只有我自己一個人的屋子裡，回來好嗎？」

蒲松芳沉默不語。他面無表情的注視著雙胞胎哥哥，然後站起身繞過桌子來到對方身側。

蒲松雅發現弟弟的移動，他掙扎許久才鼓起勇氣，抬頭看向蒲松芳。

蒲松芳依舊維持沒有溫度的臉，他單膝下跪平視蒲松雅的雙眼道：「阿雅，我在離開家之後才終於了解到，當年你的話並沒有錯。」

「我的話？」

「『時間、法律和家族都站在大伯和叔叔那邊，無權無勢的我們對抗不了他。』」

蒲松芳重複哥哥六年前說過的話，平靜的微笑道：「這段話沒錯，沒有力量的人勝不過掌握力量的人，這是這個世界的規則，不明瞭這個規則的我只是無理取鬧的小孩。」

「阿芳？」蒲松雅皺眉呼喚，隱約覺得弟弟的樣子不太正常。

「不過不用擔心，我現在明瞭了！」

蒲松芳拍拍哥哥的肩膀，偏著頭道：「只是明瞭歸明瞭，我還是不喜歡這個規則，所以我打算先照規則走，然後……」

「然後？」蒲松雅問。

「然後……」

蒲松芳停頓幾秒，笑容與聲音驟然染上狂氣：「我要親手毀……」

「松芳少爺，烏夫人找您。」

聶小倩突然說話，她看著蒲松雅與蒲松芳身後的屏風，但眼中卻沒有焦點，「她想知道，您什麼時候會返回府邸。」

蒲松芳眨眨眼，站起來露出不耐煩的樣子道：「欸——那個老太婆又傳話來催我嗎？煩死了，我不是說我辦完事就回去嗎？」

「『這不是催，是關心。還有，我不是老太婆。』烏夫人這麼說。」

「催就是催，老太婆就是老太婆，而且還是五百歲的超級老太婆。」

「誰是五百歲的老太婆？」蒲松雅皺眉問。

蒲松芳將食指壓在嘴脣上，神秘兮兮的笑道：「這是秘密，不能告訴阿雅，快點把剛剛聽到的話忘掉。」

「為什麼不能告訴我？你該不會在進行什麼危險的活動吧！」

「這個……誰知道呢？」

「阿芳！」蒲松雅低吼，伸手想抓住弟弟的手腕。

蒲松芳旋轉一圈避過蒲松芳，搖搖手指單手扠腰道：「不行、不行，現在還沒過十二點，不能犯規提問。」

「喂！我是認真問你，別給我扯開……」

「我也是認真回答呦。」

蒲松芳朝聶小倩招招手，在對方過來後道：「阿雅，我到外面處理一下有焦慮症的老太婆，你先和其他人聊天吧。」

「這裡除了你、我和聶小倩外，哪有其他人！」

「有喔！只是阿雅你很沒禮貌的無視對方，人家明明是長輩，還和你有一面之緣呢。」

蒲松芳一面說話、一面領著聶小倩走向拉門，跨過門再後仰身子向蒲松雅道：「我會儘快回來，這段時間你別亂跑喔。」

「亂跑的人明明是你吧！阿芳你別……」

蒲松雅話還沒說完，就瞧見蒲松芳關上拉門，他只好坐回位子上繼續煩躁。

「呵……」

突然聽見右手邊傳來輕笑聲，蒲松雅轉頭一看，才發現長桌末端有位穿著舊西裝的斯文青年。

這名青年端著酒杯偷笑，他很快就察覺到蒲松雅的注目，放下杯子微笑道：「對不起，因為你們兩兄弟的交談太有趣了，讓我忍不住笑出來，絕非在嘲笑你或令弟。」

蒲松雅微微皺眉，他總覺得青年的說話方式莫名熟悉，盯著對方的臉仔細觀察問：「你是……孟龍潭先生？」

青年——孟龍潭點頭，挪動身體靠近蒲松雅道：「我想你們兄弟應該有很多話想聊，所以就沒主動打招呼，有失禮節還請見諒。」

「不，失禮的人是我，我不知道你也在這。」蒲松雅低頭致歉，不過他馬上想起比禮貌更重要的事，抬起頭急切的問：「你的身體還好嗎？有沒有頭暈、昏迷或無力的症狀？」

「我的身體很硬朗。」孟龍潭拍拍自己的手臂，仰首注視御寢的天花板道：「我在此處待了好一段時間，但許下的願望寥寥無幾，你不用為我擔憂。」

「那就……等一下！」蒲松雅的眼神轉為警戒，遠望孟龍潭問：「你知道許願機制？那你也知道這個世界……」

「是依靠法術所建構，虛幻不實的畫之夢境。」

孟龍潭替蒲松雅說完話，望向驚愕的晚輩坦承道：「我知道，而且在創造這幅壁畫時，我就知道了。」

蒲松雅瞪大雙眼，沉默了兩、三秒才脫離震驚高喊：「你清楚你在做什麼嗎！那張壁畫把展場的人都吞了進去，此時此刻也仍在抽取這些人的精力，它可不是理想鄉或烏托邦，而是會把人不知不覺榨乾的魔窟啊！」

「我很清楚自己的所作所為。」孟龍潭平靜但也堅定的回答：「為了讓畫上的法術『八方徒夢』運作，我將畫廊的賓客與工作人員誘入畫中，這是我的惡行，我對他們的損失感到抱歉，但不會後悔。」

「你對他們的損失不後悔，那對你自己的呢？」

蒲松雅單手握拳，瞪著孟龍潭道：「你剛剛說，自己許的願望寥寥無幾，但是事實上這整個世界，從天到地、從人到物都是因應你的願望而生的吧？許了這麼龐大的願望，法術可能會直接把你榨乾，你不珍惜自己的命嗎？」

孟龍潭揚起嘴角勾起淺笑，他端起白瓷酒杯，凝視空空如也的杯子問：「蒲先生今年貴庚？」

「二十五。這不是重點，重點是你……」

「我下個月就要滿一百零二歲了。」

孟龍潭無視對方的抗議，仍舊注視空杯道：「我很長壽，沒有慢性病，今年年初去醫院做健康檢查時，醫生和護士都說我有希望過一百一十歲生日。蒲先生知道這代表什麼嗎？」

「……你會有場非常熱鬧的生日宴。」

「哈哈哈！你說得不錯，但『這不是重點』。」

孟龍潭重複蒲松雅的話，垂首苦笑道：「這代表，我要再等十年才能知道，當年清夜是願意，還是不願意跟我走。」

「為了過去而捨棄生命，讓周圍的人傷心哭泣值得嗎？你應該有非常多愛你的子孫和朋友吧！」

「值得喔。」孟龍潭回答，露出苦澀的笑道：「我這麼說也許會激怒許多英年早逝，或是罹患絕症、時間所剩無幾的人，但是對我而言，我最不缺的就是時間。我活過日治、戒嚴和開放三個時代，看過孫子出生，也送過孫子的最後一程，身邊的老友走了一輪又來了一輪，活到都膩了。」

「就算活膩了，也不構成自殺的理由，只要換個環境或找新興趣就行了，人活著才有希望，死了就什麼都沒了。」

「一般人是如此，但我是相反。」孟龍潭停頓幾秒後，沉聲道：「對我來說，活著才是阻礙我的心願，只有死亡才有機會了結我的遺憾。」

蒲松雅想起葛夜已經身亡的事實，堆在喉間的攔阻之語頓時卡住，神色糾結的注視著孟龍潭。

孟龍潭微微一笑，他轉頭望向舞臺上的歌舞伎演員，看著演員脫去代表白鷺的白無垢，換上象徵少女的鮮豔和服，演出白鷺精為求真愛化身人類的橋段。

「我本以為隨著時間流逝，我會慢慢淡忘清夜，然而隨著年歲增長，我反而越來越常想起當年的事。」

「如果旅館沒有失火，她會來赴約嗎？如果我到置屋去找她，結果會不一樣嗎？如果我在返臺後有再回京都一趟，是否能直接獲得答案？這些問題在我腦中反覆迴盪，我只能以『即使今生無法獲得解答，九泉之下也能親自問清夜』來安慰自己，但是……」

——但是我何時才能赴黃泉？

蒲松雅明白孟龍潭沒說完的話，也感受到對方話中的沉重。

「人生在世，有時會遇上無論付出什麼代價都想獲得，不管失去多少事物都想留存的人或事。」

孟龍潭收回視線，凝視蒲松雅苦笑道：「若是蒲先生的話，應該能理解吧？」

蒲松雅握拳不語。

沒錯，他能理解孟龍潭的執念、悲傷與寂寞，因為他也經歷過同樣煎熬的等待、處於無法挽回的過錯裡，只要能修正這個過錯，無論要付出什麼代價他都願意。

可是即使蒲松雅對孟龍潭感同身受，仍舊無法認同對方的選擇，他總覺得這個選擇有哪邊不對，卻無法具體點出錯誤的點。

如果胡媚兒在的話，一定能馬上講出出錯的地方——蒲松雅咬牙如此想著，雖然他總是把胡媚兒當笨蛋罵，不過平心而論，狐仙在鼓勵、安慰和關心之類的感性活動上，比他優秀得多了。

「抱歉，因為我一人的任性，將你與小媚也牽連進來。」孟龍潭垂下頭，拿起溫清酒注滿空杯道：「但請放心，你和其他賓客很快就能離開這裡。」

「離開是……」

「我回來了！」

蒲松芳甩開拉門歡呼，與聶小倩一起回到長桌邊，與蒲松雅一模一樣的臉上堆滿孩子氣的笑容。

蒲松雅皺眉問：「和老太婆聊得很愉快？」

「是的！今天也成功把對方氣到噴羽毛了，雖然看不到畫面有點可惜。」蒲松芳喜孜孜的回答，他一屁股坐到蒲松雅身邊道：「別談老太婆了，阿雅、阿雅，現在外頭發生超有趣的事喔！你猜是什麼？」

蒲松雅思索幾秒問：「在屋頂夾縫發現小貓？」

「不是、不是，比這個更有趣。」

「發現一窩小貓？」

「錯錯錯錯！不是數量的問題，而且衝擊力也不夠。」

「發現一窩小貓與一隻待產的母貓？」

「還是不對，更有繼續戲劇性一點。」

「發現一窩小貓與一隻待產的母貓，小貓和母貓在與剛生產完的母狗對峙？」

「不對、不對、不對，阿雅你太沒想像力了！」

蒲松芳轉頭向聶小倩使一個眼色，眾人腳下的榻榻米顏色立刻轉淡，在眨眼間從藺草變成酷似玻璃的透明材質。

而在榻榻米轉為透明的剎那，猛烈的火光照亮整個御寢，令蒲松雅與孟龍潭下意識舉起手遮住眼睛。

蒲松芳沒有舉手遮眼，他反而張開雙臂擁抱火光，愉快的大喊：「是城堡外有一隻母哥吉拉！」

哥吉拉？蒲松雅放下手往地板看，先瞧見漫天火海與汙濁的黑煙，再從火炎、焦煙與倒塌的城牆之間，捕捉到一個半個巴掌大的人影。

說「人影」不太正確，因為這個影子的頭頂有一對尖角，尾椎的部位還黏著三條會動的長條物。

蒲松雅瞇起眼注視這道奇妙的人影，正覺得影子離自己太遠無法看清楚時，他聽見蒲松芳抱怨：「太遠了！這樣震撼力和臨場感都不夠，小倩，把鏡頭拉近！」

「遵命，松芳少爺。」

聶小倩以指輕觸地板，眾人與人影的距離瞬間從二十多公尺遠，拉近到僅餘五、六公尺。包圍城牆的煙也同時散去，人影從模糊的色塊轉為具體的人形，直立的尖角不是角，是柔軟的狐耳；左右搖擺的長條物不是異形，而是蓬鬆的狐尾。

蒲松雅看看尾巴再望望耳朵，反覆數次後才把眼睛放到人形的臉上，認出那是他唯一一位妖怪朋友的臉。

第七章

戀戀情深的『痴』

「把松雅先生還來！」

人形——半妖狀態的胡媚兒高聲吶喊，手指朱御院的主建築道：「立刻把人還給我，要不然我就把你們統統炸回姥姥家！」

「哇啊！好可怕～」

蒲松芳毫無緊張感的呼喊，抱著自己的手臂轉向蒲松雅問：「阿雅二桌指定喔，你要出去嗎？」

「我……」

蒲松雅的聲音卡在喉嚨中，他理性上知道應該出去和胡媚兒會合，但是情感上完全不想離開，因為他怕自己一走，就再也沒有和兄弟交談的機會。

「怎麼樣？阿雅要離開嗎？你的女朋友看起來超生氣的呦。」

蒲松雅動動嘴脣，掙扎數秒後吐出不算回答的回答：「她才不是我的女朋友。」

蒲松芳的嘴角上揚，興致勃勃的拍手道：「是嗎？那我就不用客氣了。小倩，好好招待不請自來的客人。」

聶小倩沒有回話，不過御寢內的護法突然一同消失，她的雙手也爬上青黑色的咒文。

在咒文展開的同時，胡媚兒的周圍發生變化，黑色與白色的護法從火焰與灰燼中站起來，於轉瞬間將狐仙團團圍住。

胡媚兒掃視眾護法，她緩緩彎腰曲膝，將手輕輕貼上地面，握住被埋在下頭的物品。

這個動作也成為戰鬥的響鐘，護法們亮出刀劍槍棍，齊跳撲向胡媚兒，在眨眼間就將狐仙的身影整個遮蔽。

「胡媚兒！」蒲松雅忍不住大喊，不過下一秒他的喊聲就被當事人的吼叫聲壓過。

「閃邊啊啊啊啊啊——」

胡媚兒從灰燼與碎石中抽出一根貼滿符咒的桃木長棍，旋轉棍身擊向護法們，靠旋風與怪力一口氣打飛所有敵人。

護法們如子彈般飛向四方，不過也僅此而已，沒有痛覺也不知畏懼的它們立刻站起來，一面奔向胡媚兒、一面修復折斷或碎裂的身軀。

然而胡媚兒的攻勢也沒有中斷，她揮舞桃木棍格擋後再次擊倒護法，同時高聲唱誦——

「電火烈攝，南方火君；風火烈掃，北方火君；地火烈竄，西方火君；天火烈焚，北方火君，四君齊降，急急如律令！」

桃木棍上的符咒在胡媚兒吐出「令」字的同一秒，脫離木棍化為細針刺向護法，湧上的護法頓時成為法術攻擊的目標。

晴朗的天空驟然降下火球、地上的裂縫竄出火舌、吹過城堡的風也繞上火流雷電，在短短幾秒內將二十近三十名護法燒成黑塊。

不過，黑塊沒有碎裂，反而在烈火中改變顏色，從燒焦的黑轉為流水的藍。

半透明的藍色護法從焦土中站起來，吞下符針、甩去身上的火，再次蹬地衝向胡媚兒。

胡媚兒以棍作槍刺向第一個靠近自己的護法，但是桃木棍沒有將人撞飛，反而直接穿透對方的身軀。

狐仙的雙眼瞪大，緊急後退閃開護法揮出的大刀，再踩著斷牆躍起躲開背後的護法，以棍撐地退到空曠處。她將桃木棍直直插入地面，張開以靈力壓縮成的簡易屏障擋住護法，做出複雜的手勢高喊：「東方木德重華星君，令轄山林，責管水族，拜請御臨，伏邪縛奸，急急如律令！」

桃木棍冒出新芽，嫩芽迅速增長成粗如手臂的褐色藤蔓，擄獲站在第一排攻擊木棍的水之護法，吸取對方身上的水氣繼續成長。

其中，末排的護法察覺情況有異，身體由藍轉紅，化身火炎燒斷由前方撲向自己的藤蔓，卻也因此忽略了左右的防守。

胡媚兒從護法的右側跳出，在半空中結印誦咒：「曩謨三滿哆沒馱南，縛嚕拏野，娑縛，賀！」

奔騰的大水從胡媚兒的手印中宣洩而出，一口氣澆熄護法的身軀，和藤蔓一起夾擊冒煙的敵人。

「好厲害、好厲害！」蒲松芳開心的鼓掌，轉向蒲松雅驚喜道：「居然能連續使用『四方火君咒』、『木德真君令』和『水天真言』，而且還只靠結印和咒語，沒拿法器呢！阿雅的朋友太厲害了，和烏老太婆有得拚，她也是五百年道行的妖怪嗎？」

「她今年三百六十五歲。」蒲松雅低聲回話，他望著胡媚兒立於火焰中的英姿，隱約覺得有哪邊不對勁。

胡媚兒的攻擊給蒲松雅一種威嚇大於實用的感覺，和先前狐仙痛毆綁票犯時，每次出手都會打斷骨頭、放倒敵人的乾脆俐落不同，朱御院外的道法戰像是舞臺上的表演，華麗有餘，但多餘的動作也不少。

除了動作之外，朱御院外不見朱孝廉與葛夜也讓蒲松雅感到奇怪，雖然狐仙肯定會基於安全理由拒絕兩人同行，可是這兩人絕對不會放她一個人闖。

——分頭行動了嗎？

蒲松雅問自己，突然靈光一閃，他想透了胡媚兒、朱孝廉與葛夜的計畫。

三人先讓胡媚兒假裝上當，殺到朱御院前叫囂砸屋，迫使法術將所有護法與注意都投進來後，朱孝廉與葛夜再潛入院內救人。

法術為了讓三人掉以輕心，刻意選擇朱御院作為陷阱所在地，然而這個計謀卻反過來被獵物運用，朱孝廉身為實際設計與長住過朱御院的人，只要不遇上護法，肯定能順利帶葛夜進院。

目前御寢內的護法都消失了，其他地方的恐怕也都被調去大門口，三人的計畫幾乎已經成功一半，而尚未成功的另一半則是……蒲松雅斜眼瞄向聶小倩。

聶小倩依舊維持端正的坐姿，她低頭凝視底下的戰鬥，沉默片刻後輕聲問：「松芳少爺，單靠護法恐怕無法擊退來犯者，可否允許我出戰？」

「小倩想下去玩？」

「再放任來犯者任意活動，可能危及『八方徒夢』本身，進而破壞松芳少爺的工作。」

「說得也是，如果在回收之前小徒夢爆炸了，我和龍潭爺爺可就麻煩了。」

蒲松芳摸著下巴思索幾秒，忽然轉頭望向蒲松雅，瞇起眼細細觀察兄弟的神色。

蒲松雅先是愣住，接著想起過去弟弟做這種動作的意義，臉色頓時轉白，想轉開臉卻已經來不及了。

蒲松芳收回視線，雙手交叉朝聶小倩道：「否決！小倩留在這邊，外面交給護法就行。」

聶小倩微微睜大眼，再一次強調道：「護法無法消滅來犯者，請讓我出戰。」

「無法消滅就別消滅，拖住對方就行了。」

「這樣會危及少爺的工作。」

「是啊，但還是不准出去。」

「我不明白。」

「我也不明白。」蒲松芳聳聳肩膀愉快的回答，轉頭朝蒲松雅看道：「我從以前，就是靠阿雅的臉色判斷能做或不能做什麼，現在阿雅的表情告訴我，小倩現在不能離開這裡。」

「松芳少爺，松雅少爺是來犯者的同……」

「阿雅是我的兄弟。」

蒲松芳的聲音轉冷，但是下一秒就恢復原有的溫度道：「再說，阿雅剛剛的表情細說起來應該是：『如果小倩沒下去，我的女朋友就不妙了。』所以假如我們的目的是讓下面的母哥吉拉『不妙』，小倩最好留在這裡，對吧？阿雅。」

「……」

「裝死是沒用的呦。」

「我說過，她不是我的女朋友。」蒲松雅別開臉。

「哈哈哈！阿雅還是一樣，一被說中心事就鬧彆扭。」

蒲松芳邊說邊拿起桌上的河豚生魚片，一面吃生魚片，一面看胡媚兒與金屬化的護法打白刃戰。

蒲松雅也低下頭觀看城門前的打鬥，他外表看似平靜，內心卻翻騰不已。

他和弟弟分開太久，忘了對方那近乎神技的「阿雅限定讀心功」，過去除非他直接把臉遮起來，否則蒲松芳只要花五到十秒，就能看出自己在想什麼。

現在不能期待聶小倩離開，只能祈禱胡媚兒儘快突破護法上到天守閣，搶在朱孝廉與葛夜之前進入御寢。

但不幸的是，不知蒲松雅是上輩子沒燒香，還是這輩子造太多口業，他的祈禱很快就破滅了。

「店長你在嗎！」

朱孝廉的人與喊聲同時進入御寢，他一把拉開金箔拉門，盯著寢內的人兩秒，倒退三步大喊：「店店店店長有兩個！」

「只有一個！」蒲松雅扭頭糾正，瞄到聶小倩平舉手臂對準朱孝廉，他趕緊朝自家工讀生大喊：「快逃！」

「欸！逃什麼？」朱孝廉轉頭問。

可惜在他得到答案前，聶小倩的袖子就竄出數條白綾，繞上大學生的四肢軀幹。

「什什什麼！」朱孝廉大叫，他連掙扎的機會都沒有，就被白綾捆成梭子。

聶小倩勾動手指，白綾瞬間往回縮，將朱孝廉快速拖向主人。

朱孝廉面部著地慘遭拖行，眼冒金星的躺在聶小倩的跟前，瞇起眼盯著對方好一會才開口問：「妳是……小倩？」

聶小倩冷漠的回望朱孝廉，右手手指緩緩收緊，控制白綾勒住對方的脖子。

朱孝廉的雙眼猛然瞪大，本能的想伸手扯開白綾，無奈他全身上下都被綾緞綁住，抽不出手，只能猛晃身體。

蒲松雅一開始還沒察覺到聶小倩做了什麼——白綾與她的動作都很小——直到瞧見朱孝廉臉色發紅，才猛然意識到對方幹了什麼事。他立刻起身跑過去道：「喂！妳打算對孝廉做什麼！快點放開他！」

「……」

「我叫妳放開他，妳沒聽見嗎！」蒲松雅大喊，同時跪在朱孝廉的頭旁，伸手拉扯妨礙對方呼吸的白綾。

蒲松芳拉長脖子望著兩人，指了指被綁成梭子樣的朱孝廉問：「小倩，那個東西不能留嗎？」

聶小倩點頭道：「他沒有利用與存在價值，排除較妥當。」

「我家的工讀生有沒有存在價值，是我決定、不是妳決定！」蒲松雅抬頭衝著聶小倩怒吼，再低下頭繼續和白綾纏鬥。

蒲松雅不顧一切的摳、刮、扯綾布，無奈蘊含陰力的布不是凡人能扯開的，他努力了十多秒都沒能讓白綾移動一公厘，反倒讓自家工讀生的脖子瘀青又冒血。

同時，朱孝廉的臉色也由紅轉紫，身體的晃動幅度越來越小。

這令蒲松雅更加焦急，他扣緊朱孝廉的肩膀，瞪著無視自己努力的白綾，極度憤怒的大吼：「現在、立刻、馬上給我解開！」

聶小倩的肩膀震動，下一秒視線就被飛散的白綾占滿。

包裹朱孝廉的白綾一口氣散開，失去力量軟綿綿的蓋住人與榻榻米，有些甚至落到長桌上，驚險的掛在火鍋邊緣。

蒲松雅撥開白綾挖出朱孝廉，揪住對方的衣領大力搖晃問：「喂！孝廉你這死小子還活著吧？」

「我咳、咳咳咳……」朱孝廉痛苦的猛咳嗽，抖著手比出拇指道：「我從天國的阿嬤手下逃回來了。」

「阿嬤你個頭啦！」

蒲松雅拍打朱孝廉的頭，本想繼續罵下去，暈眩感突然襲上心頭，一鬆手把工讀生摔回榻榻米上。

朱孝廉哀號一聲，還沒能發出抗議，就瞧見蒲松雅白著臉跌過來，他趕緊抬起手接住對方的肩膀呼喊：「嘿嘿！店長你怎麼了？貧血？中暑？還是氧氣不足？」

「氧氣不足的人是你吧？」蒲松雅有氣無力的反問，趁著兩人的距離極近低聲問：「葛夜呢？」

「葛夜姐和我分頭找人，我負責東側，她找西……」

「孝廉！孝廉你找到人了嗎？我剛剛好像聽見你和蒲先生的叫……聲？」

葛夜站在敞開的拉門外，盯著疊在一起的蒲松雅與朱孝廉，白皙臉龐一點一滴轉紅。

朱孝廉愣了一會才意識到葛夜臉紅的原因，趕緊推開蒲松雅喊道：「不不不是那樣的！我和店長只是……店長他生理期肚子痛到站不了，所以才……噗嚕！」

蒲松雅一拳揍向朱孝廉的肚子，剛要開口叫葛夜快逃時，白綾突然由左右飛來，蓋住他與朱孝廉的嘴，再綁住兩人的手腳。

葛夜倒抽一口氣，奔向蒲松雅與朱孝廉，想幫忙兩人解開白綾，不過她只跑了一半的路程就停下來。

為什麼？

因為有人出聲喊她。

「清夜小姐？」

孟龍潭輕喚，他扶著椅子的扶手起身，雙眼緊盯立在長桌與拉門之間的葛夜。

葛夜沒有回答，她渾身僵硬的站在原地，不敢前進，更不敢轉頭。

「是清夜小姐吧？」孟龍潭緩緩走向葛夜，目光掃過對方的腰側，露出淺笑道：「妳有把我的懷錶好好留著呢。」

「……」

「我這些日子一直住在清川，這裡的清川和我們相遇時的清川一模一樣，上下樓時木階梯一樣會叫，老闆娘的嗓門仍然嚇人，飯菜也同樣叫人不敢恭維。」

「……」

「我白天會離開清川去散步，這是我的老習慣——六十歲後養成的。我常常在鴨川的河堤上走動，那裡的夕陽非常美麗，總是讓我想到妳的笑容。」

濃的恐懼。

「……」

「這麼久不見，妳不讓我看看妳的臉嗎？」

葛夜雙唇緊抿，沉默了好一會才轉身面向孟龍潭，但她的眼中沒有重逢的喜悅，只有濃濃的恐懼。

孟龍潭被葛夜的表情嚇到，不過他很快就露出微笑，凝視久別的情人，「清夜小姐，我想妳可能已經從別處耳聞我的心願，可否請妳告訴我，當年的答案呢？」

葛夜動了動嘴唇，掙扎許久才抖著聲音道：「對不起！我、我不能……不能跟你……」

孟龍潭的眼神轉暗，但他仍維持著笑容道：「是嗎？我懂了，謝謝妳告訴我答案，是我不夠努力，無法讓妳放心託付終身，清夜小姐用不著道歉。」

葛夜慌張的搖頭道：「不、不不是的！這和秋田先生無關，是我……是因為我……」

「清夜小姐，妳不用安慰我，我知道自己的……」

「是因為我不是清夜啊！」

葛夜掩面尖叫，她不敢看孟龍潭，纖細的身軀因為沉重的真實而顫抖，「我是葛夜，清夜的雙胞、雙胞胎姐姐！不是藝妓只是……廚娘和僕人，我欺騙了你，所以我不能……我是卑鄙虛榮的女人，我不配和秋田先生在一起！」

孟龍潭的雙眼睜大，再慢慢恢復原本的大小，他上前兩步彎腰望著葛夜道：「葛夜小姐，請抬起頭看我。」

葛夜的回應是後退，而且九十度轉身躲避孟龍潭的目光。

孟龍潭心疼的注視葛夜，低下頭沉聲道：「葛夜小姐，我必須向妳道歉，其實我早就知道妳不是清夜小姐。」

葛夜的身體一僵，放下手、轉過頭，驚訝的看向孟龍潭問：「怎麼會……」

「是手。」孟龍潭舉起手，苦澀的笑道：「妳在我們第三次見面時，主動牽了我的手，妳的手摸得到繭，而且骨節分明、掌心厚實，不是藝妓會有的手。」

「你知道……明明知道，為什麼還繼續和我來往？」

「因為我拜倒在妳的石榴裙下了。妳雖然不是清夜小姐，但是妳和清夜小姐一樣……不，是更加美麗。」

「我怎麼可能比清夜漂亮！」

「對我而言是。如果說清夜小姐是畫家精心描繪的櫻花，那麼葛夜小姐就停在樹梢隨風搖晃的粉櫻，同樣都是花，但是妳更有活力與生氣。」

孟龍潭停頓幾秒，有點不好意思的道：「而且妳的性格也比清夜小姐迷人。清夜小姐是名優雅賢淑的女性，而葛夜小姐……妳時而成熟、時而稚氣，有男孩子的率真，又不失女孩子的嬌俏，令我深深著迷。」

葛夜整個人呆住，凝視孟龍潭好一會，才破涕為笑道：「秧田、秧田先生果然是……腦袋裡只有書和畫具的笨木頭，這種話……這種甜話一開始就該告訴我啊！」

「沒錯，我是個笨木頭。」孟龍潭拿出手帕，拭去葛夜臉上的淚光道：「我害怕……如果我向妳坦白一切，妳就會從我面前消失，所以一直沒說出來，沒想到這反而……我們都是傻瓜呢。」

「我才、才不傻呢，傻的是秧田先生。」

「說得對，傻的人是我。」孟龍潭收起半溼的手帕，凝視葛夜認真的問：「葛夜小姐，容我再問妳一次——妳願意和我一起回臺灣嗎？」

「請務必讓我同行。」葛夜回答，同時抱住孟龍潭，靠在對方的胸口哭泣。

拜這個舉動之賜，葛夜沒看見聶小倩走向兩人，更沒注意到蒲松雅隔著白綾拚命吼出的警告聲。

「……咦？」葛夜感覺有什麼東西碰到自己的嘴唇，稍稍後退往前看，在孟龍潭的胸口看到一截白指。

那是聶小倩的手指，她站在孟龍潭背後，以指貫穿對方的胸口，停頓片刻後抽出手掌，指尖、指身與掌心都白皙如昔，只有手腕上的佛珠豔紅無比。

孟龍潭在聶小倩抽手的瞬間失去站立的力量，身子前傾倒向葛夜，壓倒對方後雙雙坐跪在地上。

「秋田先生？秋田先生你怎麼了！」

葛夜搖晃孟龍潭的肩膀，見對方毫無反應，心一橫將手放到對方的鼻子下，驚覺懷中的人沒了呼吸，雙眼頓時瞪至極限。

聶小倩垂下手，不帶感情的宣布：「孟龍潭所生的『痴』已回收。」

「回收？」

葛夜抬起頭望向聶小倩，先認出對方的手，再猛然意識到那隻手做了什麼——至少是那隻手「做了什麼」後導致的結果。

「妳……妳這個殺人凶手！」

葛夜放下孟龍潭撲向聶小倩，不過在手指碰到對方前，白綾先一步拍上她的腰，將人掃到御寢另一端。

蒲松雅遠遠看見葛夜撞破金箔拉門，卻礙於手腳的束縛無法移動，急得咬牙切齒時，他與朱孝廉右側的榻榻米突然爆開，紛飛的草屑中隱約能見到尖耳絨尾的人影。

「總算上來了……」

人影──胡媚兒一手持棍、一手擦汗，眼角餘光瞄到有某物在地上跳動，轉頭一看發現是蒲松雅與朱孝廉。

「松雅先生、孝廉！」

胡媚兒跑到兩人身邊，抽出一張符甩紙成刃，兩三下切開白綾問：「你們怎麼會被綁起來？」

「我也不知道，小倩突然攻擊……」

「別管我們了，快點去救葛夜！」蒲松雅打斷朱孝廉的話，指著遠處冒著黑煙的拉門大聲道：「聶小倩不知道對孟龍潭做了什麼，讓葛夜失去理智出手打聶小倩！」

「做了什麼是做什……呃！」

胡媚兒的身體僵住，遙望癱倒的拉門與葛夜，低聲道：「松雅先生、孝廉，我接下來會設置保護用的壇城，你們兩個千萬別從裡面出來。」

「……妳看到什麼了？」蒲松雅問。

「葛夜小姐厲鬼化了。」

胡媚兒旋轉桃木棍，在蒲松雅與朱孝廉的前後左右各敲一下，張開簡易的壇城後，背對兩人、面向葛夜與聶小倩道：「然後那位手上抓著白布的小姐……我想她也不是人，是被妖怪養上百年，非常陰邪的鬼奴。」

蒲松雅訝異的看向聶小倩，他雖然早就知道對方不是普通人，但沒想到居然是死人。

胡媚兒握緊桃木棍道：「我會抓住她們兩個，然後交由燕公大人處理，雖然我沒有抓鬼的經驗，但是有學過應對的道法，一切交給我，沒問題的！」

語畢，胡媚兒縱身奔向聶小倩，朝對方的後腦勺揮下長棍。

聶小倩沒有轉身，可是白綾仍自動在她背後交叉，先擋下長棍，再沿棍身旋繞而上。

「太天真了！」

胡媚兒怒吼，桃木棍立刻爆出烈火，吞噬白綾並順著綾布燒向聶小倩。

聶小倩果斷的捨棄著火的布，回身後退拉開距離，同時揚手射出白綾，綾布在半空中捲成數支長槍，由三方刺向胡媚兒。

胡媚兒本想再次燒光白綾，不過她察覺到綾布上的陰氣增加，布身也浮現斑斑血點，於是捨棄迎擊轉為閃避，讓綾槍擦過身體刺入榻榻米中。

聶小倩蹙眉，正要拔起槍接著追擊時，一隻黑手突然抓上她的腰。

葛夜抓住跳到自己面前的仇人，仰起掛著血淚與黑氣的臉嘶吼：「秧田……把秧田先生還我啊啊啊——」

聶小倩揮動白綾斬斷葛夜的手，正要再砍下對方的頭時，葛夜的身體突然爆出雷電與旋風，將她吹到對角線的拉門上。

「趕上了！」

胡媚兒歡呼，她及時發動葛夜攜帶的炫雷符與疾風符，趁著聶小倩還爬不起來時，掏出符紙對摺撕成人形，充作收魂符射向葛夜。

人形符貼上葛夜的額頭，將暴亂躁動的鬼魂吸入後，調頭迅速飛回主人身邊。而在胡媚兒握住人形符的同一秒，血點白綾也再次飛向她，迫使狐仙不得不邊收符邊揮棍。

蒲松雅在護壇中看著胡媚兒與聶小倩過招。他不懂道法也沒學過格鬥，但就兩人出招、擋招與閃躲的次數，目前占上風的應該是狐仙。只是蒲松雅雖然如此判斷，卻完全安不下心，總覺得自己和胡媚兒都漏算了什麼，而這個漏算將會左右戰局。

他們漏掉了什麼……

蒲松雅咬牙苦思，想不出問題的答案，直到朱孝廉開口才猛然驚醒。

「我們在這邊看戲可以嗎？」朱孝廉皺眉問：「讓小媚一對二挺危險的吧？」

「一對二？是一對一吧，那裡只有……」

蒲松雅的話聲中斷，他看著斜靠在屏風上的蒲松芳，總算理解自己在不安什麼。

——我會抓住她們「兩」個。

胡媚兒不知為什麼沒看見蒲松芳，而蒲松雅又下意識將弟弟排除在敵方之外，錯失了提醒狐仙的機會。

不對，也不見得需要提醒，只要阿芳不介入戰局，就算不提醒也無所謂——蒲松雅如此安撫自己。

可惜如同他前次祈禱一樣，他這次的祈求依舊沒得到上天的回應。

蒲松芳離開屏風，從口袋中拿出一把左輪手槍，瞄準胡媚兒扣下扳機。

胡媚兒在中彈前一刻聽見風聲，急轉身以驚人的速度旋棍打碎子彈，金屬彈身瞬間破裂，內藏的血珠因此濺上拉門。

「阿芳！」蒲松雅在護壇中大喊：「你在做什麼？胡媚兒是想救你朋友啊！」

「我知道，但是我們不需要。」

蒲松芳朝蒲松雅笑一笑，再次把槍口對向胡媚兒道：「小倩，接下來是獵狐時間，幫我把狐狸趕進死胡同吧。」

「遵命，松芳少爺。」

聶小倩沉下臉，展開雙臂甩動血點白綾，控制綾布從三方夾擊胡媚兒。

胡媚兒一面要閃避白綾，一面要彈開蒲松芳的子彈，儘管兩者都摸不到她的身，但她的動作與表情明顯沒有一開始那般鎮定。

蒲松雅看著越來越緊繃的戰況，明知道胡媚兒需要援助，卻想不出要怎麼幫狐仙，他的運動能力沒好到能介入三人之間，手上也沒有武器可用。

墊子也好、杯子也好、什麼都好，他周圍沒有可利用的東西嗎？蒲松雅左右轉頭，沒看到能用的物品；伸手翻找自己的口袋，外套的兩個袋子都是空的，不過卻從褲袋裡摸出一顆石頭。

那是觀老太太送的叩字石。

蒲松雅盯著石頭一秒，無暇思索石頭為什麼沒被搜走，一個轉身扭腰、揮臂，使出所有力氣將石頭擲向聶小倩。

聶小倩偏頭閃過石頭，石子敲中她後方的木柱，發出的響聲傳遍御寢。

御寢的梁柱在響聲中出現裂痕，榻榻米也一塊一塊崩解，連寢外的藍天也一片片崩落，彷彿有人正在拿榔頭敲碎整個壁畫世界。

這遠遠超出蒲松雅想要的結果，他驚愕的看著世界崩解，眼角餘光瞧見聶小倩拋出白綾裹住蒲松芳，這才回神吶喊：「喂！妳要把阿芳帶到哪去？」

「只是離開這裡而已。」

蒲松芳代替聶小倩回答，他腳下的榻榻米已經崩壞消失，此刻全靠白綾吊著腰，在半空中搖搖晃晃。

「離開這裡去哪裡？」

「去某個阿雅不能去的地方。」

「你以為我讓你再亂跑一次嗎！」蒲松雅跨出護壇，踩著逐漸崩落的榻榻米奔向蒲松芳，朝弟弟伸出手高喊：「抓住我的手，我們一起回去！」

蒲松芳注視哥哥的手，他舉起自己的左手，將蒲松雅的手推回去。

蒲松雅睜大眼睛，看著蒲松芳與聶小倩一起落入黑暗中，自己則被趕過來的胡媚兒、朱孝廉往回拉。

他被拒絕了，又一次被阿芳拒絕了。

尾聲

狐仙的KISS回禮

藝廊「畫壁」的開幕式以所有人都沒想到的混亂作結。

開幕式的人員與賓客先是失蹤，接著再集體出現在男女廁所中，並且都有暈眩、胸悶或疲倦……等等程度不一的症狀。

這還不是最令藝廊主人慌亂的，最令主人慌亂的是歸來的失蹤者中，竟然有一人身亡。死亡的是本次開幕式的嘉賓，替「畫壁」繪製主牆圖畫的孟龍潭，他被人發現時已經沒了呼吸心跳，身上沒有外傷，隨身物品也都在，推測是自然死亡。

救護車、警車與聞風而至的記者湧入藝廊；醫護人員將失蹤過的賓客、員工送至醫院，警察把藝廊負責人帶至警局製作筆錄；記者則將這一切變成社會版的新聞。

蒲松雅、胡媚兒與朱孝廉屬於送醫組，不過除了朱孝廉被要求吊點滴與留院檢查外，其餘兩人只待了十分鐘就獲准出院。

兩人先到警局做筆錄，再一起搭計程車返回住所。

而這一路上，蒲松雅都沒講話，甚至連在警局被警察問話時，他都幾乎不回答。

「人客，一共一百九。」

「謝謝，我給你兩百，十塊錢不用找。」

胡媚兒掏錢給禿頭司機，先從右邊下車，然後繞到左邊打開車門，把蒲松雅拉出計程車。她掏鑰匙打開一樓鐵門，回頭向後望一眼，確定蒲松雅有跟過來後，才踩著水泥樓梯往上爬。

兩人先來到蒲松雅住的樓層，胡媚兒見蒲松雅有好好走到門前開鎖進屋，猶豫片刻後轉身跟在對方背後。

胡媚兒隨蒲松雅進大門再過紗門，她沒被對方打罵阻撓，順利得像她是一團空氣，或是前方的人類沒有眼睛、耳朵。這令胡媚兒心中的警鈴大作，她望著蒲松雅走到客廳沙發坐下，感覺自己應該做點什麼，但腦袋卻一片空白。

蒲家的貓狗居民——花夫人、黑勇者和金騎士聽見開門聲，三隻一起從房間跑到客廳，先看到死氣沉沉宛如雕像的主人，接著發現惶惶不安、手足無措的狐仙朋友。

花夫人抬頭問：「喵嗚？（怎麼了？）」

胡媚兒搖頭道：「嚎嚎姆。（不知道。）」

「喵喵？（身體不舒服？）」黑勇者在蒲松雅腳前打轉問。

「嚎嗚嚎嗚嚎嚎嚎。（應該不是，醫生說松雅先生很健康。）」胡媚兒搖頭。

「汪汪汪汪？（主人、主人？）」

金騎士將前腳搭到蒲松雅的大腿上，舔舔再頂頂主人的臉，卻沒有像往常一樣獲得對方摸頭回應。

這令胡媚兒更加擔憂。她心一橫，走到蒲松雅面前，蹲下身來，盯著對方低垂的臉呼喚：「松雅先生？松雅先生你聽得見我的聲音嗎？」

「……」

「醫生說，孝廉雖然要住院觀察，但是他還很年輕，休息幾天就能出院。」

「……」

「『畫壁』的開幕式算是失敗，不過鵲姐很堅強也很聰明，我想她一定能挺過這次危機。」

「……」

「我在車上聯絡過熹公大人，大人說他會好好治療葛夜姐，淨化她的怨氣，讓她能好好投胎。」

「……」

「我們沒有救回龍潭先生，可是龍潭先生的表情很安詳，我想他走的時候應該沒有遺憾。」

「……」

「結果不算完美，但我們都盡力了，要找的人也都找回來了。」

「……」

「松雅先生，拜託你說說話好嗎？」

胡媚兒低聲請求，她凝視蒲松雅的臉，看見對方的嘴唇顫動兩下，以為自己能聽見一字半語，卻只瞧見水珠滴下。她愣了好一會才意識到那是淚水，而且還是從蒲松雅眼中掉出來的淚水，整個人瞬間被震驚包圍。

蒲松雅此時也發現了這件事，他扭過頭把臉壓在沙發上，縮起長腿抱住身體，咬牙閉眼想將眼淚與嗚咽吞下去，結果反而讓自己渾身打顫。

胡媚兒被這幅畫面嚇傻了，望著總是冷靜自制的人類朋友縮成一團，在沙發上斷斷續續的抽泣。

「松雅先生？」

她伸手碰觸蒲松雅的手臂，但手馬上被對方狠狠拍開，人也挪到沙發另一端。

胡媚兒維持被拍開手的姿勢，遙望縮在沙發角落發抖的人，心一橫站起來走向蒲松雅，張開雙臂把人緊緊抱住。

「不要！」

「放、放放手！」蒲松雅抖著聲音大叫，一隻手遮住雙眼，一隻手用力推開狐仙。

胡媚兒靠蠻力壓制蒲松雅，她像是鎖鏈般緊緊綁住對方，憤怒又悲傷的喊道：「我不知道松雅先生為什麼哭，但是我知道，現在不是可以放手不管你的時候！」

「誰要……誰允許妳管、管我了！」

「我的良心！」

胡媚兒氣勢洶洶的回應，強迫蒲松雅靠在自己身上道：「現在的松雅先生，比我們之前從醫院回來時還糟糕，我不能放這樣的松雅先生一個人，就算你甩開我逃到天界還是地府，我都會追上去緊緊抓住你，絕對不讓你單獨一個人！」

蒲松雅被最後一句話打中，他停止掙扎與叫罵，在狐仙懷裡靜止片刻後，緩慢的抬起手，輕輕掐住胡媚兒的衣服。

胡媚兒的回應是抱緊蒲松雅，用她的怪力和偏高的體溫抓住人類，無論對方抖得、哭得多厲害，她都不鬆手。

▼※▲▼※▲▼※▲▼※▲

蒲松雅不記得自己是怎麼回到房間的，只知道當他睜開眼時，人已經躺在床鋪上，左右手還各窩靠著兩隻貓和一隻狗。他迷迷糊糊的坐起來，過程中吵醒了自家毛小孩，費了點時間與氣力摸貓摸狗後，才掀開棉被下床。

蒲松雅揉著紅腫的眼睛，慢慢走向敞開的房門，眼角餘光在門邊瞄到一抹棕影，停下來定眼一看，赫然發現那是現出原形的胡媚兒。胡媚兒以棕狐之姿窩在門口，她睡得很沉，尖耳微微垂下，毛茸茸的身軀規律起伏，蓬鬆狐尾壓在淩亂的衣物上。

蒲松雅低頭看胡媚兒，慢慢想起昨晚自己的失控，以及狐仙固執的擁抱，胸口頓時被發燙的暖意包圍。

他在狐仙面前站了將近五分鐘，才彎腰撿起地上的小禮服與內衣褲，先將衣服套入網袋丟進洗衣機，再到廚房中搬出魚肉蔬菜切洗烹煮。

當蒲松雅再次踏入自己的房間時，已是兩個多小時後的事了。

「……乖乖，先到客廳去玩。」

蒲松雅摸摸金騎士的頭，把狗趕出房間後來到胡媚兒面前。

胡媚兒仍躺在原本的位置，她沒被廚房的聲音吵醒，反而翻身露出軟綿綿的肚子，睡相比蒲松雅醒來時更豪邁放鬆。

蒲松雅的嘴角上揚幾分，蹲下來搖搖胡媚兒的身軀呼喊：「胡媚兒！胡媚兒起床啦！太陽快把妳的毛烤焦囉。」

「嚎嗚……」

胡媚兒悠悠張開眼，她甩甩頭慢慢站起來，眼中的迷霧在瞧見蒲松雅時散去，激動的撲向人類。

蒲松雅搶先一步把洋裝丟到胡媚兒頭上，站起來催促道：「這是妳上次喝醉時留下來的，妳的小禮服還沒乾，先穿這套吧。」

「松雅先生，你……」

「妳工作快遲到了喔。」蒲松雅拿著胡媚兒的手機，看著上頭的行事曆唸道：「『下午一點，東區街道拍攝。』從這邊過去東區要一小時，現在是十一點四十二分，妳沒多少時間準備了。」

「嗚嗚——」胡媚兒發出嚎叫，一眨眼變回人形，手忙腳亂的穿衣服。

蒲松雅在對方變身時離開房間，他走到客廳的沙發椅坐下，左手搔著花夫人的下巴，右手丟球給金騎士撿。

胡媚兒在五分鐘後抓著包包衝出房間，她的頭髮沒梳、裙子沒理平，一面跑向陽臺、一面哀號：「討厭討厭討厭！我明明答應攝影師，這次絕對不會遲到的！可惡——沒時間吃早餐和午餐了啦！」

蒲松雅在胡媚兒跑過身邊時，突然伸出左手抓住狐仙的手臂。

胡媚兒嚇一跳，停下來急切的道：「松雅先生，我在趕時間啊！」

「妳有東西忘記拿。」

「哈？」

「在茶几上。」

「茶几？」

胡媚兒低頭朝茶几看去，玻璃茶几上放著一個帆布袋，從袋子的形狀看起來，裡頭應該放了不少物品；而由袋子散發的氣味聞起來……

「是便當。」蒲松雅揭曉答案，他將頭轉向牆壁，繃緊肩膀瞪著白牆。

胡媚兒睜大雙眼，停頓了好一會才開口問：「為、為什麼突然……」

「是謝禮。」

蒲松雅把頭扭得更偏向白牆，不耐煩不自然不自在的道：「妳是……是因為我昨天……總之是因為我才睡過頭沒時間吃飯，既然如此我負起責任，幫妳做好便當不為過吧！」

「……」

「我可是把家裡所有的便當盒和保鮮盒全拿了出來，妳若還吃不飽，我也沒辦法了。」

「……」

「也不准向我抗議菜色！我這幾天都沒時間上市場，冰箱裡的菜就只剩那幾樣，裡頭有什麼妳就給我吃什麼！」

「……」

「總之便當拿了就快走，妳要是遲到被扣工錢，我一毛也不會賠妳。知道了就快點下樓要不然我幫妳叫的計程車會跑掉懂不懂！」

蒲松雅越說越快，講到最後一段時，前言後語全撞成一團。

胡媚兒直直盯著蒲松雅，在急促的話聲中回神，臉上浮現燦爛無比的笑容，張開雙臂撲向人類大喊：「謝謝你！我最喜歡松雅先生煮的飯了，我會統統吃光光！」

「妳也太好養……喂，已經要十二點了，快點出門啦！」

「好好好我馬上出門。啊松雅先生，這是我的回禮。」

「我不需要回……」

蒲松雅話還沒說完，臉頰就傳來溫軟的碰觸，整個人瞬間僵住。

胡媚兒親了蒲松雅的左臉一下，鬆手拎起帆布袋與隨身包，奔向大門開心的呼喊：「晚上見！小金、小花、小黑掰掰！」

「汪汪！」

「喵～」

「喵姆！」

蒲松雅直到聽見關門聲才把頭轉回來，他仰起紅到快滴血的臉，攤平手腳躺在沙發椅上。他舉起手遮住雙眼，覺得自己的臉皮發燙，而早該消失的柔軟觸感，卻還牢牢的黏在皮膚上。

……別盡幹一些叫人血壓升高的事啦，笨蛋狐狸。

《松雅記事之三・狐仙愛的京都畫遊》完

敬請期待更精采的《松雅記事之四》

My Voice A tor
Prince 01 ♥
我的聲優王子01
~Love恋~
墨子都
Jond-D
ILLUST
Duoex
當聲控飯少女遇上聲優「陛下」&男神「蜀
二次元到三次元錄音室的
愛的宣言
陛下 「朕想要的，不過僅是妳一人！」
蜀黍 「當我的女朋友好嗎？」
小葵 「……」(⊙o⊙)
——媽咪，妳女兒終於不再滯銷了！

飛小說系列119

松雅記事之三

狐仙愛的京都畫遊

出版者■典藏閣
作　者■M. 貓子　繪　者■麻先みち
總編輯■歐綾纖
製作團隊■不思議工作室
郵撥帳號■50017206 采舍國際有限公司（郵撥購買，請另付一成郵資）
台灣出版中心■新北市中和區中山路2段366巷10號10樓
電　話■(02) 2248-7896　傳　真■(02) 2248-7758
物流中心■新北市中和區中山路2段366巷10號3樓
電　話■(02) 8245-8786　傳　真■(02) 8245-8718
ISBN■978-986-271-576-5
出版日期■2015年2月
全球華文國際市場總代理／采舍國際
地　址■新北市中和區中山路2段366巷10號3樓
電　話■(02) 8245-8786　傳　真■(02) 8245-8718
新絲路網路書店
地　址■新北市中和區中山路2段366巷10號10樓
網　址■www.silkbook.com
電　話■(02) 8245-9896
傳　真■(02) 8245-8819

☞您在什麼地方購買本書？☜

1. 便利商店（＿＿＿＿市／縣）：□7-11　□全家　□萊爾富　□其他＿＿＿＿

2. 網路書店：□新絲路　□博客來　□金石堂　□其他＿＿＿＿

3. 書店（＿＿＿＿市／縣）：□金石堂　□誠品　□安利美特animate　□其他＿＿＿＿

姓名：＿＿＿＿地址：＿＿＿＿

聯絡電話：＿＿＿＿　電子郵箱：＿＿＿＿

您的性別：□男　□女　您的生日：西元＿＿＿＿年＿＿＿＿月＿＿＿＿日

（請務必填妥基本資料，以利贈品寄送）

您的職業：□上班族　□學生　□服務業　□軍警公教　□資訊業　□娛樂相關產業
□自由業　□其他＿＿＿＿

您的學歷：□高中（含高中以下）　□專科、大學　□研究所以上

☞購買前☜

您從何處得知本書：□逛書店　□網路廣告（網站：＿＿＿＿）　□親友介紹
（可複選）　□出版書訊　□銷售人員推薦　□其他＿＿＿＿

本書吸引您的原因：□書名很好　□封面精美　□書腰文字　□封底文字　□欣賞作家
（可複選）　□喜歡畫家　□價格合理　□題材有趣　□廣告印象深刻
□其他＿＿＿＿

☞購買後☜

您滿意的部份：□書名　□封面　□故事內容　□版面編排　□價格　□贈品
（可複選）　□其他

不滿意的部份：□書名　□封面　□故事內容　□版面編排　□價格　□贈品
（可複選）　□其他

您對本書以及典藏閣的建議＿＿＿＿

＿＿＿＿

＿＿＿＿

✌未來您是否願意收到相關書訊？□是　□否

✍感謝您寶貴的意見✍

印刷品

請貼
3.5元
郵票

235 新北市中和區中山路二段366巷10號10樓

華文網出版集團　收

（典藏閣－不思議工作室）